首尔邮箱

她很想把身体和身边这个人靠得更近一些，可两个人就像磁铁的正极或负极一般，总是保持着一段距离。就像冥冥中的命运之手，让两个人在一股看不见的力量作用下，走着不同的路。

杨则纬　著

中国文史出版社

1

这是秋秋来到韩国的第一个年头，一切都好像蒸笼上的热气，慢慢地冒着水蒸气，不知道蒸笼里的东西要到何时才熟，自己的新鲜感也不用一直往上冒了。

秋秋刚到韩国的时候约好了有人接她。第一次出远门的秋秋并没有带特别大的箱子，妈妈一直嘱咐着要带这个带那个，爸爸说反正给了她银行卡，缺了什么就自己买。

也幸亏没有带太过笨重的行李，到达韩国仁川机场的那天，秋秋出了接机口对着一块块竖起的牌子找自己的名字，牌子多，人更多，她在自己视线以内却什么也没有发现。秋秋倒也不怎么担心，好奇心盖过了一切，也或者是无知无畏，她拎着行李在接机口来回转悠着。

"你好，宓秋月吗？我是接你去学校的。"这句话从一个中年男子的嘴里冒出来，和不慌不忙的秋秋像是配合好似的。秋秋对着他微笑地说谢谢，然后跟着他走。

他们出了机场，买好了大巴车的票，放好行李后他们一起上了大巴车。他让秋秋坐在靠近窗户的位置，秋秋透过窗外看着这个国家的另一番景色。这是秋秋第一次出国，她还无法找到合适的词语形容这个国家和中国的区别，只能慢慢感知、慢慢接受、慢慢进入……

大巴车窗户外面的陆地，大概是人工填海形成的。一路上路旁只

有松树，走一会儿就有一条好长的桥，横跨在海面上，再往远的海上又是陆地，有高耸的烟囱。过了桥开始有和公路平行的铁路轨道，轨道似乎就一条或两条，一路上也没有看到火车。再走一阵子好像远处有山，山也不高，山上还有楼房。铁路变远的时候楼房多了，路也宽阔起来了。秋秋心里随着一会儿空旷一会儿紧凑起来的景色难受得想哭，对比自己的家，一切都变得不一样了。

接她的中年男人只把她送进学校。告别的时候也就是一声谢谢和一句再见。

秋秋被安排住在四人一间的宿舍，还没有见到舍友，听说是三个韩国的女孩。秋秋一件件地收拾自己的行李，宿舍里并没有其他人，这样倒没有让她特别强烈地感到自己已经身在异国。

收拾好行李后，秋秋赶紧去报名，校园里穿着棒球衫短裙光腿的女孩很多，她发现韩国的女孩都不会很高，可是短裙下面的腿都又直又长。秋秋一个个地看着，羡慕又向往地欣赏着。办理报名的手续，对于秋秋这样的留学生，会有专门的语言班，其余的事情还不是特别了解，可秋秋一点儿也不担心。走在校园里，眼前的秋天并不是深秋，她的步子又小又慢，风也不凉，她呼吸着韩国的风，风里有漂亮的韩国同学，有听不明白的韩语，还有对明天的憧憬。

语言班的感觉很像是国内的高中。开始的时候，除了环境和人是不同的，其余都差不多。每节课都有固定的教室和教师，上课的人比国内要少，当然也比国内的气氛轻松愉快。学生中也不全是大一的学生，有些是研究生还有些是专科生的。韩语的学习也并不是特别辛苦，除了上课，还有留学生的交流会。交流会的活动说得简单一些，就是大家一些吃饭，除了中国的学生和组织的韩国学生之外，还有蒙古国、巴基斯坦和德国的一些学生。秋秋努力地让自己多交流多说话，希望韩语能进步得快一些，尽管这样，所有人眼中的秋秋似乎更喜欢静静地对大家微笑。

语言班的学习结束后，正式上课也在习惯与不习惯中就这么来了。

大学的新鲜感扑面而来，除了专业课之外，选修课很多。舍友们告诉秋秋不要因为是选修课就觉得无所谓，如果不安排好，修不够学分一样不能毕业的。

秋秋拿着选修课的课表，一个个认真地看，有的一门选修课就有好几个教授，她几次想要开口咨询关于教授的事情，都被细小的事情打断了刚鼓起的勇气。

学校的学费里是包含三十张饭票的。韩国大学每个宿舍楼的下面都有单独的食堂，和中国不同，食堂只提供早饭和晚饭。到了吃饭的时间去宿舍楼下的食堂领份饭就行。饭的品种也没有那么多，一餐就是一碗汤和几种菜一起盛在餐盘里。舍友在没事的时候也会叫秋秋吃饭，这个时候大家通常都不会去食堂，尤其是晚餐。学校附近的很多小餐厅，环境比不上中国的，但是每一份都很小很精致。

想家的时候还是很多，心情不愉快的时候秋秋就去宿舍楼下的休息室，这样的时候她就不愿意待在宿舍里，休息室有沙发有电视，她就打开电视看韩国的娱乐节目，也不是全部明白，但是热热闹闹的内容像是给寂静的内心注入一点咖啡因。有时候就这么坐着看到半夜，会有三三两两的同学来休息室泡面，那味道从沙发后面的圆桌传过来，不管是韩国的泡面还是中国上学时候吃的，味道飘过来的时候都差不多……如果记忆有味道，那这夜晚飘来的泡面味道就成了属于秋秋夜晚的味道。后来在休息室里看电视排解寂寞的初衷，就变成了等待来吃泡面的人，等到那个来泡面的人，她就可以安心回宿舍了。

人们总是在茫茫生活中寻找着也等待着，就像等待素未谋面的人来泡一碗面，等待一种熟悉的气味，等待一个回家的理由。

因为舍友叫她一起去玩，找着这个出去玩的借口，她终于没有穿

牛仔裤，穿上了自己觉得更漂亮的百褶裙。

她甚至不记得有个人对她说的第一句话是什么，她只记得这是她第一次见到他，就和那天见到其他的很多人一样。

"你穿裙子感觉比穿牛仔裤更可爱了。"这是李俊哲对她说的第一句话。餐厅的环境很吵，她并没有听得很清楚，因为是学长，秋秋只是微笑地鞠躬，她不知道自己鞠躬的时候，李俊哲更小声地说了一句："本来就已经够可爱了。"

吃饭的人很多，有高年级的还有低年级的，吃的是一种炎锅，因为人多，所以要了好几种味道的锅，有鱿鱼锅、有五花肉锅，还有鸡肉锅。秋秋就记得鱿鱼锅端上来的时候，鱿鱼很大的一只，比别的锅里的东西看着要多。韩国人很喜欢吃芝士，一年后秋秋也渐渐爱上了这样的味道。韩国人更喜欢吃辣，在中国的时候，她觉得自己还是挺能吃辣的，到了这里和同学出去吃几顿饭后，她发现自己成了大家眼中最不能吃辣椒的一个。

"姐姐，你觉得我们韩国的饭好吃吗？"坐在旁边的小学弟拉着秋秋的胳膊一边摇晃着一边问。

"好吃呀，我很喜欢。"秋秋已经慢慢地习惯了韩国小男生撒娇的厉害，说韩语的时候，永远拖得长长的音调，像秋秋这种本来就腼腆的性格，也没有和男生怎么接触过，哪里经得住这种撒娇。开始的时候，两句话就要请小学弟喝饮料、吃糖果，但是现在慢慢地，她的适应能力越来越好了。

"姐姐喜欢呀，那下次我们一起再来吃。"

"你这么惹人爱，太多姐姐都想和你一起吃饭，我害怕其他姐姐看见了吃醋呀。"

"没有了，只有秋秋姐姐对我最好嘛最喜欢我嘛。"

……

吃完后有的学生还不回学校，舍友告诉她，他们是一个社团，问

她要不要一起去，秋秋拒绝了。她觉得吃得有点撑，想自己散步走走，反正吃完的心情很好，她喜欢吃完了走走，也许因为吃得饱了就想活动活动，也许就是因为吃饱了。

"要不要一起去活动？"

"她不去了，她准备回去呢。"

"挺好玩的，一起去看看吧？"

"不用了，俊哲你不知道，她性格不是特别开朗的，一般也比较安静，下次约她。"

"谢谢邀请，下次有机会一定去参加你们的活动，今天很开心。"

"加一下赛我网吧？以后方便联系。"

"对不起，我没有这个。"

"哦，那你叫什么名字呢？"

"我叫宓秋月。"

"中文名字的意思是什么呢？"

"是……"秋秋还没想好怎么解释，也还没说下去，其他人都走了。

"很高兴认识你，下次有机会参加你们的活动。"

"那好吧，你回学校注意安全。"

秋秋走出餐厅，走在韩国的大街上，天还没有黑下来，但是风吹过来觉得腿凉凉的。秋秋还在想着刚才的问题，这是第一次有韩国人问她名字的意思是什么，到底妈妈给她起这个名字是什么意思呢？秋天不是她出生的季节，秋天也不是妈妈或者爸爸出生的季节，而月亮又是什么意思呢？"秋天的月亮"，应该是这个解释吧？她自己好像都没有思考过这个问题。

时间还稍微有点早，超市的水果还没有开始打折，秋秋想散一会儿步，等到了打折的时间再去买，但夜晚的风太凉，让她没有办法继续这么走。

她只好走进超市，苹果是两个一起的被保鲜膜包着，她挑了一盒两个大小差不多的苹果，去付钱。虽然已经生活一年了，可是每每看到超市饮料柜上包装可爱的饮料还是忍不住想买，而且每一次喝完了都舍不得扔掉，要在桌子上保留好久。可惜这个季节饮料柜里还都是凉的，再冷一些的时候就有热饮了。

刚来的时候，秋秋每次买水果都会被价钱吓一跳，怎么苹果这么贵，唯一便宜点儿的就是香蕉，于是她就等到晚上超市打折处理的时候买，反正都是为了第二天吃，早买晚买也都没有关系。妈妈问起她的生活状况时，她不经意地说过水果贵，自己都是晚上去超市买打折的，说了之后她的生活费每个月就多出五千块钱来，但是秋秋还是习惯去买打折的水果，钱放在账户上不过是一个数字。

除了苹果她还拿了一瓶饮料，这是到韩国后才喝过的一种黑豆饮料，她觉得味道不太甜又好喝，而且价钱也很便宜，据说对肠道还特别好。她付了钱，把两个苹果塞进包里，饮料就塞不进去了，握在手里更是凉凉的感觉。

秋秋很快便走到超市门口。门是电动的，自己就打开了，没有推门的动作，风来得更没有准备，秋秋忍不住耸了耸肩，头也跟着脖子往下沉，加快了脚步冲进外面。刚走了几步，感觉侧面有一阵风过来，她本能地转头去看，看到的是一个身体，听见有人叫出了她的名字，她抬头去看，那是似曾相识的一张笑脸……

"你好！"秋秋本能地鞠躬，头就撞到了面前的身体上。秋秋感觉好硬，意识到是胸肌。秋秋感觉自己的胸口一下子要炸开了似的不好意思。

"对不起，不好意思。"秋秋拿着瓶子的手就去捂自己的脸，瓶子好冷，衬托着脸更烫了。

"对不起干吗？"

"没，没什么……"

"我还害怕追不上你了，是问你电话号码的。"

"我的？"

"你不是没有赛我网吗？我本来想问你舍友，但是觉得自己问才礼貌一些。"

"是吗？"

"你别担心，我是我们社团的副队长，想让你加入我们社团，有了你电话，以后有活动联系你，你可以先来试着参加几次，你会感兴趣的。"

"我记不住我的号码，要不然说你的，我打给你。"

"把手机给我。"秋秋把手机递给他。他接过手机又对着秋秋一个微笑，刚刚稳定下来的秋秋，又一阵紧张。

"给你，我叫李俊哲，已经存在你的手机里了。"

"好，谢谢你。"

"我送你回学校吧？"

"不用不用，谢谢你，你不是还要活动吗？"

"你把手机拿好，记得和我联系。"

"你的手这么凉？"

"不该穿裙子的。"

"裙子好看，给你，穿着回去吧，还有一段路呢。"李俊哲说完就把自己大衣脱下来披在她的身上，顺手摸了她高高扎起的丸子头。

"我走了，回去给我信息。"

秋秋站在那，看着他长长的腿，几步就跑出了她的视线之外。站在那里的她不知道自己该做些什么，顺手拿起手里的黑豆奶，打开喝了一口。

"好冰呀！"她把刚刚披在身上的衣服往胸口拉了拉，自己的手自然地碰到自己的胸口，刚刚撞在李俊哲胸肌上的感觉又被唤醒了。她一口气就把冰的黑豆奶灌了下去，低下头赶快往学校走去。

2

"因为是实名申请的，只能用我的名字了。"李俊哲对李俊哲说。

"谢谢哥哥。"李俊哲对李俊哲说。

"你的韩语说得很好，你好厉害。" 李俊哲对李俊哲说。

"我还有很多需要学习的，不要表扬我了。" 李俊哲对李俊哲说。

……这个赛我网是一个韩国学生之间比较流行的聊天软件，需要实名的申请。秋秋记忆里第一次告诉李俊哲自己真的没有注册过这个。李俊哲的衣服刚挂在宿舍的柜子里，她就收到了他发的短信，里面就是给她申请的这个账户。对着电脑的屏幕，每说一句话，因为是同一个人的名字申请的账户，所以都会弹出"李俊哲对李俊哲说"这样的字。

开始的时候秋秋关注的是聊天这件事情，说了几句话后，也可能并不是面对面，这种安全的距离感让秋秋放松下来，和他的聊天对话也轻松自如起来。等她去了洗手间回来，再面对着屏幕的时候，她两只手已经捂着自己的嘴巴，眼睛笑眯眯地成了一条缝，身体也不自觉地前倾起来，笑着笑着头都顶在了屏幕上。

幸福不知不觉地洋溢在她的每个小动作里，这是秋秋来这里的第二年，语言上越来越适应了，想家的心情还是有的，但也还可以克服。

"一会儿一起吃饭好吗？"李俊哲对李俊哲说。

"好的。"李俊哲对李俊哲说。

"我带你去明洞吧？吃完饭可以逛逛？"李俊哲对李俊哲说。

"那样会不会太麻烦了。"李俊哲对李俊哲说。

"我是为了中韩友谊。"李俊哲对李俊哲说。

"哈哈。"李俊哲对李俊哲说。

秋秋打出这个字和一个表情，她的手已经第二次离开键盘，捂住自己笑得控制不了的脸蛋。

"你需要多久呢？"李俊哲对李俊哲说。

"这会儿吃饭还早吧？"李俊哲对李俊哲说。

"我带你去咖啡馆，咱们面对面聊好吗？"李俊哲对李俊哲说。

"不过这样李俊哲对李俊哲说还是挺奇怪的。"李俊哲对李俊哲说。

"半小时我在你们宿舍楼下，时间够吗？"李俊哲对李俊哲说。

"我忆经化妆了，十五分钟就可以。"李俊哲对李俊哲说。

"真的是中国女孩呀。"李俊哲对李俊哲说。

"计时十五分钟哦。"李俊哲对李俊哲说。

秋秋说完这句话，直接关掉了电脑，抓起化妆包就开始对着镜子补妆，眉毛画几下，眼线又画几下，左右看看好像一边粗一边细，还是擦得细一点儿比较好吧，看起来太浓了不是很好。秋秋随手抓起一个棉签，都来不及沾水直接塞进嘴巴里含了一下，这种方式是最快也是擦得最干净的了，就是有点不卫生……打开衣柜，到底穿哪件呢？秋秋首先想到的就是那件百褶裙，拿出来后，发现自己上次穿的就是这件，那还是穿牛仔裤吧，拽出一条偏蓝的牛仔裤套在腿上。最近新买的加绒帽衫是最喜欢的一件衣服了，套好了衣服在出门前要去洗漱台前照一下："帽衫是暗红色的，搭配点蓝的牛仔裤好像很不协调呀！"秋秋心里这么想着，又去柜子里找黑色牛仔裤，"黑色的牛仔裤呢？黑色牛仔裤呢？"她在嘴里念叨着，想起来黑色的洗了还没干呢，

这怎么办呀。

当她站在李俊哲面前的时候还是那条百褶裙，下面换了一双黑色的运动鞋还加了一双黑色的丝袜。看到他的那一刻她已经后悔这么穿了，总觉得这样有点刻意打扮了，应该穿平常的牛仔裤就好，本来见他就已经觉得有些不好意思，这样一来觉得更不自在了。

"对不起，是不是等着急了？我来晚了吧。"

"你已经很快了，我刚到。"

"是吗？哈哈。"

"走吧，你今天还有什么作业吗？"

"作业？"

"以后我想经常约你去咖啡馆，可以一起学习。"

"那我没有带功课。"

"你的韩语很好了，不过你有什么不懂的都可以问我。"

"谢谢李俊哲哥哥。"

"我也很喜欢中国，很想了解呢，也想有机会去中国。"

"那你有什么就问我，我们互相学习。"

"先谢谢你了。"

已经走了一小段路了，还没有出学校，秋秋虽然和他一直说着话，并排地走在一起，却几乎不敢看他。他对着她说谢谢的时候稍稍地转身，给她鞠躬，她也赶忙朝着他转过身体，这才看见他穿了一件 T 恤。

"不冷吗，哥哥？"

"我，哈哈……"这是秋秋第一次记住他的笑声，爽朗有力，让秋秋的心里一下子就觉得很踏实。

"这样会感冒吧？"

"哈哈，哈哈，不会的。"还是那笑声。

"是不是？是不是我忘记拿外套给你？"秋秋一着急，也来不及使用敬语了。

"哈哈，我不怕冷，看见你就温暖了。"

"啊呀，我现在回去取。"秋秋也没注意李俊哲说的后半句话，就要转身回去取。

李俊哲的手抓住了秋秋的手，他的手居然比自己的手还要暖和，她感到自己身后的书包一起一伏地跳动起来，好像心脏不在胸口了。她就跟着这只热乎乎的手跑了起来。他们一口气就跑出了校园，到了地铁站口才停下来，一路上居然一个红灯都没有遇到。

到地铁站的进出口处准备下楼梯的时候，李俊哲的手就松开了，没有人牵着，宓秋月突然不好意思起来。

"怎么了？跑得太快？"

"嗯，哎呀，有点跟不上。"秋秋故意加重了呼吸说。

"对不起，哥哥跑得太快了。"

"对不起，秋秋跑得太慢了。"宓秋月故意学着他的语气说话。

"不是不是，哈哈哈。"听着李俊哲爽朗的笑声，看着李俊哲的模样，宓秋月就觉得好开心，就希望自己也能一直地笑。

为了有更多可以在一起玩的借口，秋秋自然就加入了李俊哲所在的学校社团，社团简称 ANP，是一个天文和摄影社团。她的专业是建筑，关于摄影还是天文的摄影，对于宓秋月来说完全没有接触过，但是韩国的每个大学里都会有很多听起来奇奇怪怪的社团，其实就是把各个年纪和专业的学生集合在一起，大家多一些组织活动的机会。活动内容也无非就是玩。对于宓秋月来说，她从来不曾想过，那样的日子是她最简单、最快乐的日子。

她激动地和刘苗淼发 QQ，说自己好像恋爱了。刘苗淼是她高中时候最好的朋友，高个子，头发很长，喜欢扎两个麻花辫，有人说她是故意学电影《流星花园》里的杉菜。她告诉宓秋月自己简直要无聊死了，因为学的是文科专业，班里一共只有五个男生，学校长得看得过去的男生都是体育学院的，交往一下不是太花心就是心太花，也基

本没有什么可以聊天的。而且上课也无聊极了，参加的学生会简直就是一个摆设，根本没有什么有意思的活动，也许她也有个男友就好了。宓秋月就安慰她，让她多看看书，自己去年也是无聊的，话都说不好，不过现在好多了，并且提醒她，要是有了男友不许瞒着她。

这个社团活动最多的内容就是一起吃饭，吃完饭还会做一些游戏玩，也许是因为学习的缘故，宓秋月融入了韩国学生之中；也许是希望和李俊哲交流的时候能少一些障碍；当然也许只是因为时间的积累，宓秋月的韩语进步很快。大家在一起开玩笑的时候，秋秋也能跟着一起笑起来，而不是一脸茫然地等着别人来解释。每一次的活动，不管是十几个人，还是二十几个人，李俊哲的身边跟着的一定是宓秋月，而宓秋月的每一句话，最先问的那个人就是李俊哲。

那个周末是社团的纪念日，大家约好了一起弘大玩。虽然来韩国上学许久了，但是她除了明洞和学校附近，其实去过的地方并不是很多。冬天的韩国还是很冷的，只不过学校里大部分女孩都是单丝袜短靴，连穿长裤子的人都很少，寒风吹来，秋秋把羽绒服紧紧地裹住自己，看着面前的女孩，还有很多是完全光着腿的。

"哥哥，我们那里的冬天没有韩国冷，但是我们还是要穿裤子和秋裤。"

"秋裤？"

"是呀，一层的裤子会冷的，我小的时候还要穿棉裤。"

"哈哈哈哈，可是秋裤又不是冬裤。"

"只是名字的叫法不同而已，我想问问哥哥，周末去弘大玩是不是要穿裙子光腿？"

"哈哈哈，那样很漂亮，但是秋秋会冷的，我们会玩得很晚的。"

"有多晚？"

"弘大那边的晚上非常热闹，有很多的酒吧，但不是我们坐在街边喝酒的那种，就是……"

"哥哥，我知道酒吧是什么，就是夜店。"

"哈哈哈，我以为秋秋没有去过。"

"在中国的时候去过呢。"

"那你能不能喝酒呀？"

"可以喝呢。"

"看不出来，和哥哥在一起的时候可以喝酒，但是和别人的时候不能喝酒，听到了吗？"

"那我就光腿吧，可是如果秋秋冷了，哥哥要把衣服给我穿。"宓秋月故意岔开了话题，刚刚李俊哲说的每一句话、每一个字、每一个吐字时的表情都像是打了兴奋剂，令她的内心兴奋得蹦上了几层楼。她只想搂紧这个人的脖子，在他的耳边肯定地说："是！是！是！是！我听到了，我听到了，我只和哥哥喝酒。"

不清楚是因为去韩国的夜店玩，还是因为要和哥哥去夜店玩，她的内心比教授让她做报告还要难以平静。秋秋先是买了一件抹胸的小礼服，礼服是红色的，是秋秋几乎不穿的颜色，试穿的时候是有黑色的，可是售货小姐们围着宓秋月都说红色的衬得她比较白，在大家的怂恿下，她最终选择了这件红色的。可是随着时间越来越近，宓秋月把礼服拿出来在宿舍的镜子前试穿，一会儿觉得颜色太不适合自己了，一会儿又觉得抹胸的裙子要裸露出整个肩膀，而且晚上去的是夜店，也许还要跳舞，在那种快节奏下，抹胸万一滑下去了怎么办，不滑下去也许抹胸这样的裙子也并不适合去夜店玩。她很快就否定了穿裙子这件事情，因为不管穿什么裙子，还要穿打底裤，即使穿了打底裤，活动起来露出打底裤还是觉得不怎么好看。

人生中第一次穿了黑色的蕾丝上衣和牛仔的短裤，买了黑色的短靴，出了宿舍大楼，走了没有几步，就感觉到腿就不再是自己的腿了，立刻就折回去穿了一条丝袜。单层的丝袜并没有起到多大的作用，但最起码那样的冷可以忍受了。白色的羽绒服和光腿搭配在一起还是很

好看的，搭配了黑色的丝袜。秋秋从镜子看自己觉得有点奇怪的感觉，不过最终还是可以脱掉外套的。

所有的人在校门口集合好就去地铁站，秋秋贴了长长的假睫毛，时不时地觉得眼睛还有点不舒服。有更小的学弟发现了秋秋一直在眨眼睛，会开玩笑地说，学姐好漂亮，眼睛一眨一眨的。有点不好意思的时候，秋秋总是忍不住地看看李俊哲，当然他也是在对着自己微笑。弘大附近好多餐厅的，比他们学校附近的餐厅规模要大，最多的是烤肉，都有自己的小二层，从寒冷的外面走进去，似乎每一家都很暖和也很热闹，老板带他们到一个屋子边上的座位，好几个桌子拼在一起。秋秋紧跟在李俊哲的身边，害怕一会儿坐下来的时候，无法坐在哥哥的身边。

"哇，好性感。"桌子和椅子之间比较拥挤。秋秋坐下来，脱下羽绒服就有点不方便，哥哥在旁边就伸手帮忙。

"是吗？"

"所以一会儿吃完出去的时候要紧紧跟着哥哥哦。"

"啊？"

"晚上都是去玩的，路上很多人呢，很多人看到性感的秋秋就要把你抱走啦。"

"讨厌呢，哥哥。"

"哈哈哈哈……"

今天因为出来玩，一般喝酒的活动都是在吃完饭之后才开始，今天吃饭的时候就要了一些酒，就是那种绿色玻璃瓶的，中国人叫作烧酒。秋秋第一次在韩国喝的时候，简直让她想呕吐，因为是大家在一起喝得最多的一种酒，所以觉得还是可以忍受的。

屋子里很暖和，加上坐在烤炉旁边，脱了外套还有微热的感觉。第一片烤肉总是哥哥夹给秋秋，她喜欢放一些辣酱和蒜片一起包在生菜里吃，一口塞进嘴里咽下去之后，快速地喝上一口烧酒，身上就有一股子暖流，和屋子里的暖是不一样的，是身体里的暖和。可能是韩国冬天太冷的缘故，室内又是出奇地热，所以喝几口再吃上一会儿，很多男生都会有汗流在额头了。

秋秋一般只喝三杯，那种吃一口烤肉喝一杯辣酒的感觉让人舒服。来吃饭的人越来越多，周围的桌子基本上都坐满了，室内也越来越嘈杂起来。

"你这会儿少喝点，一会儿肯定还要喝呢。"

"哥哥是觉得我的酒量不好呀。"

"哥哥害怕你喝醉丢了。"

"今天就让哥哥看看中国女孩的酒量。"秋秋并没有喝醉过，和同学喝过几次，喝得并不是很多，也没有喝到那种兴奋到不能自持的状态。家里爸爸和妈妈的酒量都比较好，她也相信自己的酒量肯定是可以的。

吃完饭，距离去夜店还有一点时间，这个时候，他们往往就随便找个大一点的便利店。韩国的便利店都会有塑料的圆桌，可以买点喝的坐着休息，天气好的时候，大家都喜欢坐在室外，吃完了喝一会儿酒，也不做什么就是边聊边喝。没有人刻意地劝酒，大家自己喝自己的。冬天太冷了，就会坐在便利店的里面。偶尔喝酒的时候大家会玩游戏，这时候就要愿赌服输地喝了。游戏的花样也并没有那么多，就是一种伸出大拇指猜数字的游戏，两个人的时候就是 0 到 4 的数字，比较好猜，但是人多了就比较难猜。

年轻人只要能有一大群朋友聚在一起，坐在最廉价的小店里，喝着最一般的酒，屋子里总是充满了欢声笑语。

因为周末的缘故，弘大附近的店铺里都是满满的学生，去了几家便利店，里面的桌子都已经有学生在那里喝酒聊天了，距离去夜店还有一段时间，大家商量去咖啡馆。咖啡馆里正好推出一种调的酒精饮料，有点像鸡尾酒。招贴画里有好几款，粉色的、绿色的都很好看，

因为人数也算比较多，大家商量了一下，就男生一种颜色女生一种颜色统一要了。咖啡馆里不适合玩游戏，就随便聊天，还有几个女生拿了杂志随便翻阅。

"哥哥，可以尝尝你的绿色是什么味道吗？"

"我的是薄荷的。"

"尝一下嘛。"

"这也是酒，混合着喝怕你喝醉了。"

"只尝一点点，一点点。"秋秋两只手合在一起作出"拜托拜托"的样子。这样一来李俊哲就没办法，就把自己那杯推到了她的面前。宓秋月高兴地笑了笑，把自己那杯的吸管取出来放进哥哥的杯子里，她当然没准备喝一小口，她故意用力地吸着，自己的喉咙跟着"咕咚咕咚……"直到自己冰得实在喝不下去了，才松口。

"喝了半杯呢，这么调皮。"

"哥哥的就是比我的好喝。"

"那咱俩换。"

"不行不行，粉色的不适合哥哥，不要哥哥像女孩子。"

"哥哥是女孩子多好，咱们可以每天拉着手走在路上了。"听到李俊哲这么说，宓秋月也不知道怎么了，心里就高兴得不得了，笑得手都捂住嘴巴，半天停不下来。

"秋秋高兴什么呢？是高兴可以和哥哥拉手，还是高兴哥哥要变成姐姐了？"

"那我把哥哥这杯喝完吧，喝完我变成弟弟。"

"哥哥弟弟上街也不会手拉手的。"

"我和姐妹上街也不拉手呢。"

"那和谁上街才拉手？"这种问题从李俊哲的嘴里出来，他的目光每次都会跟着变了，那种眼神变成一个导热器，点燃宓秋月的身心。她有点不知所措地拿起自己的那杯饮料，吸管还在哥哥杯子里，她直

接对着杯口倒进嘴里。

好几杯的烧酒又加上这一杯半的鸡尾酒，宓秋月跟着大家走出咖啡馆的时候已经有着和平时不同的兴奋感，大家往夜店的门口走着，一阵风吹过来，她有点冷的感觉，居然不自觉地靠在了哥哥的胳膊上。靠了一会儿，她的手不知不觉地就拽着哥哥衣服的袖子，这么依偎着自己喜欢的哥哥，幸福就在此时此刻。

周围真的好热闹，到处都是人群，这么冷的天气，光腿的学生真地很多，还时不时地有音乐传来。拽着哥哥胳膊的秋秋兴奋得想去看看，哥哥跟着她，就这么挤过去。原来是学校社团的乐队，他们敲着架子鼓、弹起吉他，就这么唱了起来，其余的人把演唱的人围成一个圈，都跟着音乐欢跳着。不远处又传来另一种歌声，还有人的欢呼声。

"哥哥，这么热闹，比咱们学校有意思多了。"

"你喜欢？"

"嗯，感觉这样才是大学生的生活。"

"秋秋喜欢这样的音乐？"

"哥哥不觉得好听吗？"她说着还跟着摇晃起来。

"哦，以为秋秋只喜欢安静的。"

"因为我也有高兴的时候。"

"是不是已经喝醉了？"

"哈哈哈，对呀，喝醉了。"

"走吧，咱们找其他人去。"

"好听的音乐，我们走了。"秋秋已经不是拽着哥哥的衣服，而是用胳膊穿过他的胳膊，抱着他的一只手臂，另一只胳膊抬起来对着人群作出"拜拜"的手势。

夜店里的人非常多，他们找到其他同学时大家还在排队。到了里面，爆炸的音乐声和拥挤的人和刚刚户外的感觉反差很多。宓秋月开始只是和同学们干杯喝酒，后来在酒精和哥哥的鼓励下，她也加入到

大家的队伍里一起去跳舞。起初只是简单地跟着音乐随意晃动，但是音乐的震动感让她越来越放松，那样的新奇感终于完全战胜了害羞，她完全跟着音乐快乐地摆动起来。夜店里如同盛夏，她跳累了就喝下一大杯加了冰块的酒，喝着喝着也尝不出是什么味道了，只觉得冰冰的口感很是解渴，哥哥和同学说的什么也被音乐覆盖住，听不太清了。

秋秋最后的记忆是她居然拉着哥哥的手进了舞池，跳舞的时候她的目光一直看着哥哥，那时候她的心里一直想的是：自己的目光究竟有没有那种发热的能力呢。

李俊哲看着玩得很开心的秋秋，以为她酒量真的很好，等到被宓秋月拽着去舞池的时候，从她看着自己的眼神里，就觉得也许不敢再让秋秋喝酒了。后来秋秋说去洗手间，他等了很久都没有等到她出来，只好拜托工作人员暂时看着女用洗手间的门口，他自己进去找。那么可爱的宓秋月，居然没有脱裤子就坐在马桶上，身子歪在一边睡着了，从嘴角淌着口水的同时还时不时地传出呼噜声。

"秋秋醒醒啦，小猪秋秋！"他轻轻拍她，宓秋月的身体还那么歪着，睡得什么也不知道了。李俊哲一把就把秋秋抱在了怀里，他就这么抱着她走出洗手间，走出嘈杂的人群，拿了她的羽绒服，让其他同学给她套上，然后他就这么抱着她走出去。躺在怀里的秋秋什么也不记得，但是李俊哲都记得，那个时刻，抱着秋秋的感觉会一辈子在他的心上，再也忘不掉。

来韩国学习后最激动的事情就是这件了吧，最着急的就是要告诉刘苗淼，两个人特意约了时间一起上 QQ 聊天。

"啊啊啊啊啊啊啊啊啊啊……"

"苗淼你啊啊啊啊啊啊啊啊什么呀。"

"我感觉有大事情呀，啊啊啊啊啊啊啊啊，你肯定有事情。"

":)"

"你是不是和韩国欧巴睡了。"

"啊啊啊啊啊啊！"

"天，不会被猜中了吧。"

"你怎么现在思想这么黄。"

"韩国不开放啊？"

"开放大头鬼，我们社团一起去酒吧玩，我喝醉了。"

"啊啊啊啊啊，然后还是睡了。"

"怎么可能，我的韩国欧巴可是很好的。"

"那你要说什么事情？"

"就是我去酒吧喝醉了呀。"

"这！也！是！事！情！"

"我听说自己在夜店厕所睡着了，然后是李俊哲把我抱出来的。"

"就抱出来？"

"一直抱着我送到学姐家了……然后照顾到半夜。"

"怎么照顾呀？"

"你别坏了好吗？别破坏了我美好的幻想。"

"多亏是你，要是和我这身材，抱也不好抱。"

"哈哈！别安慰我了，长腿多好。"

"好想穿高跟鞋好想小鸟依人好想喝醉被韩国欧巴抱出来。"

"你说我们俩什么时候会表白呀？"

"不知道韩国人的套路呀，韩剧里应该会再虐个几集吧，要不你直接约他开房，表明心意。"

"你去死。"

"有了男人就不要我了。呜呜呜呜呜……"

"你什么情况吗？"

"我准备考研，苦逼的还要考六级，恨不得把头发剪了，学校洗头好麻烦。哦，对了，杨枫那天问我你生日给你送什么比较好。"

"现在还有点早吧。"

"他要是知道你和韩国欧巴喝醉抱抱估计要哭死了。"

"那你帮忙旁敲侧击地告诉他吧。"

"我才不要当坏人，你自己说。"

"人家又没和我说过什么，难道我自己说？"

"估计慢慢就淡了，我妈说我考上研究生可以去韩国找你玩，还可以随便去哪个国家玩。"

"那还要多久呀。"

"有希望总是好的。"

……

3

激动的情绪终会过去，两个人还是会约着吃饭，约着看书，约着随便地做什么事情，只是为了能在一起找借口。李俊哲犹豫着要怎么开口，他能感觉到秋秋的心意，但是又担心说出来被拒绝，总觉得距离毕业的时间还是有的。秋秋常常疑惑哥哥对自己的感情，作为女孩的她当然不好意思开口，常常觉得这样能在一起，就足够满意了。

谁也没有想到自己平常的生活会被突然打乱了，谁也不相信那个所谓的意外会发生在自己的身上，直到宓秋月接到了父母的电话。她再也没有时间等待了，没有时间和刘苗淼咨询，更没有时间让自己去想，她要立刻去做这件事情。

"哥哥在吗？"李俊哲对李俊哲说。

"在呢！有什么事情吗？"李俊哲对李俊哲说。

"嗯，想请哥哥去喝咖啡，哥哥有时间吗？"李俊哲对李俊哲说。

"我十五分钟到你们宿舍楼下？"李俊哲对李俊哲说。

"辛苦哥哥了，一会儿见。"李俊哲对李俊哲说。

秋秋这会儿再也不用慌张了，一切都已经收拾得很好了，脸上化好的妆，自己穿好的衣服。宿舍也被她打扫了一遍，不喜欢拖地板的她不仅拖了地板，就连洗手台也擦得干干净净的。她的行李已经收拾好了，不大的一个箱子，课本还有未完成的作业以及那些模型零件都

对她没有任何用处了，那些她喜欢的饮料瓶子、书桌上的相框和海报也没有用处，床铺和布偶一件都不准备带走，她能带走的只有自己不得已的内心。

　　洗漱台前的镜子被擦得特别明亮，她从里面看到的自己更加清晰，头发是自己刚刚烫过的，心里装了喜欢的人，每天都愿意打扮自己。只因为那天李俊哲说她温柔得好像小绵羊，如果把头发披散下来，烫一个小卷，就和小羊一样可爱了。也许只是他的一句玩笑话，但秋秋就记在心里了。

　　"希望哥哥能记住我。"秋秋看着镜子里的自己，自言自语地说着。她有点不想下去了。此刻，她希望自己可以躺上床去，闭上眼睛，等睁开眼睛一切都是一个梦。

　　"秋秋今天有点可爱。"

　　"谢谢哥哥的夸奖。"

　　"谢谢你记得我说的话。" 高高的他，使得目光和她有了一定距离，秋秋还是不敢望一眼，他感觉那目光很近很近，越是近越是不敢靠近。尤其是此时此刻。

　　"哥哥想喝哪家的咖啡呢？" 她假装没有听懂，回应了一句其他的话。

　　"今天有什么特别的事情吗？"

　　"我在韩国的每一天都是特别的。"

　　"那我就带你去一个特别的地方。"

　　"可是我请客哦。"

　　"小羊咩咩。"哥哥的手在秋秋的刘海上摸了摸。

　　新沙洞比起明洞要安静一些，少了明洞的喧闹，少了人群，少了声响，两个人并排地走着，明洞的大街两边是人行道，中间是车行道，但是穿梭的车并不是很多。天空不是湛蓝的，也不是浓重的阴郁，对于李俊哲来说，心情晴朗时大街的房屋还是街道都显得更为宽阔和明

亮。在秋秋的眼里，这里干净、清静的环境并没有改变自己的心境，她很想把身体和身边这个人靠得更近一些，可两个人就像磁铁的正极或负极一般，总是保持着一段距离。就像冥冥之中的命运，让两个人在一股看不见的力量作用下，走着不同的路。

秋秋的脑子里是第一次见到李俊哲的画面，是第二次撞到他身体的画面，是第三次、第四次……终于自己已经回忆不过来，那么多的机会自己却从未好好把握过。

在做实验作业的时候，明明可以一次就能把需要做模型的材料都买齐全了，可是秋秋偏偏要一次只买一个零件，只为了穿过李俊哲上课教室的窗口，明明很多次走过去，却根本不敢朝着里面张望。就这样一次又一次，也还是要这么做。到了选课的日子，提前很久，就要不经意地问他好多次，究竟这门课选了哪个教授的课，费尽心思地让自己的课尽量和他在一起。不在一起的时候，也希望上课的时间可以一致一些，这样休息的日子就可以相约着一起去咖啡馆或者做更多的事情。一群人一起去山里游玩，住在大屋子里吃着零食聊着天，整个屋子里都是充实的，可是李俊哲突然就要走了，他走了后，明明还是那些人做起了游戏，但游戏还是食物，都没有了任何味道……还有什么呢？还有她假装巧合买了和他一样的鞋子，终于有一天两个人都穿在脚上了，那天和其他的同学还一起照了合影，秋秋把那张照片冲印出来，每天都要拿着看一会儿……

"这个可爱吗？"

"啊？"秋秋的胳膊被拉了一下。

"小羊想什么呢？"

"哥哥？"

"你看这个可爱吗？"秋秋这才看到，脚边有两个肉粉色的小猪，两个小猪在一家店的门口一边一个，猪的屁股对着外面，猪头朝着里面。

"这个店门口的设计挺可爱的。"

"哥哥最喜欢的动物就是猪。"

"是吗？猪？"

"不觉得吗？猪多可爱。"李俊哲脑海里浮现的是靠着洗手间墙壁呼噜呼噜睡觉的秋秋，他就忍不住地笑起来。

"哥哥喜欢的东西好奇怪。"秋秋不懂为什么他会突然这么笑，就这么说了一句。

"哥哥喜欢小羊奇怪吗？"

"秋秋喜欢哥哥，但是哥哥听不懂。"秋秋用中文说。

李俊哲却没有追究她说的什么，也许还沉浸在对于那晚的想象中，他只是伸出手摸了摸她的刘海。两个人就继续朝着前面走，街道两边有很多小服装店。秋秋努力地看着，想要记住眼前的每一处景色。当你希望眼睛可以记录一切的时候,你的心可能不经意就记住了其他的。

从本来就不是很宽阔的大街拐到一条小街，走不了多久接着再拐一个弯，一个餐厅似的二层建筑的外墙上，有两个装饰的小马。秋秋本来以为这个就是李俊哲要带她去的地方，谁知并不是，两个人又走了一会儿才到。

进了咖啡馆的门要走一个小的过道，然后穿过窄窄的楼梯，咖啡馆实际上是在二楼，楼梯只能一个人通过。李俊哲让秋秋走在前面，楼梯是木质的，有些陡，每走一步都会发出"吱吱"的声响。秋秋走了几步就停住了。

"哥哥，我们一样高了。"秋秋转过身体。实际上，她还是没有李俊哲高，但是目光几乎是平行了。

秋秋和李俊哲第一次这样面对面，没有楼梯，她鞠躬的时候直接撞到了胸肌。这会儿，秋秋突然想起来，曾经那种胸口突然要炸开的感觉突然又来了，那时候还有冰冰的饮料可以遮住脸，这会儿就只有李俊哲的目光，和冰瓶子的外壁一样，都让她的脸更红。

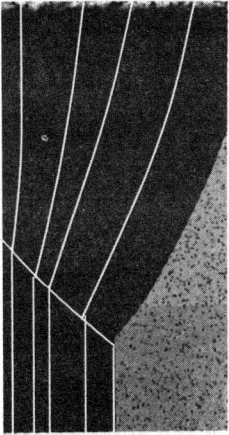

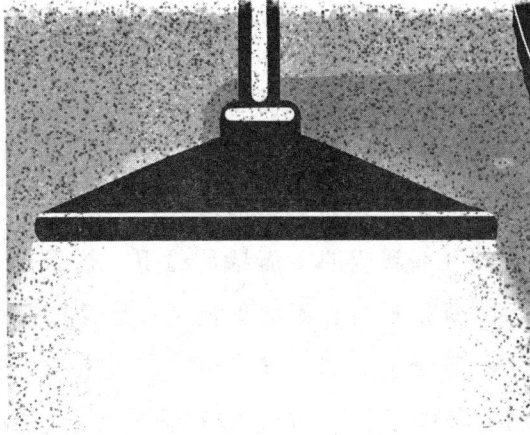

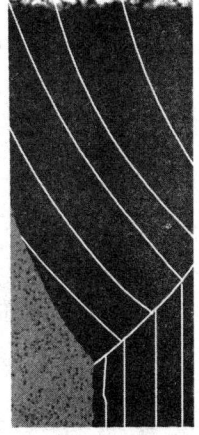

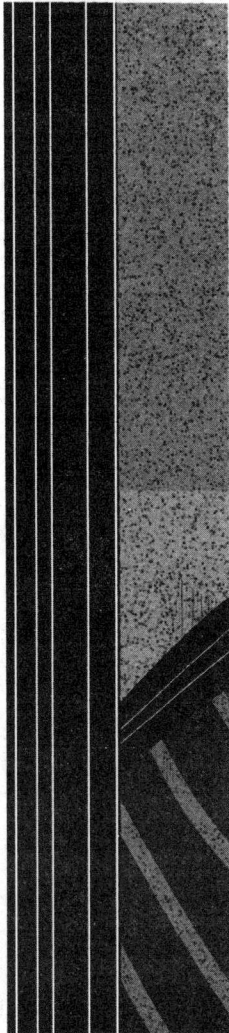

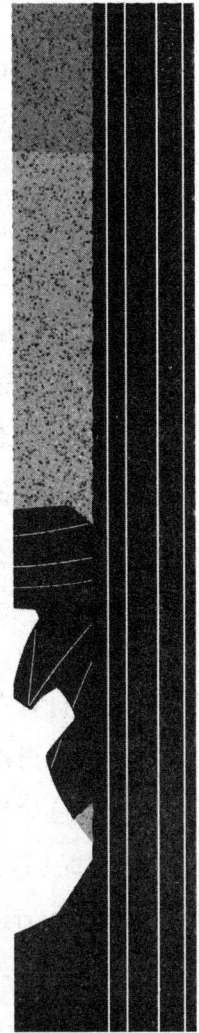

还有呼吸的声音，两个人都能听到，彼此的呼吸交织在一起，是谁的却分不清楚，这样的时刻不需要分得清楚。两个人的心里应该都有一种声音，那声音随着呼吸声都在蛊惑着他们，也许到了这个时刻，该轻轻地闭上眼睛，让所有的一切都消失，这样两个人才能靠得更近一些，也是他们一直都渴望的。而越是渴望，越是有一股力量，让他们闭不上眼睛，眼睛和眼睛也不敢直视……这样的时候，又有了"吱吱"的声音传来，淹没了他们的呼吸声。有人来了，秋秋匆忙地转过身体，她的手用力地握了握，仿佛借着这个力量让她朝着楼梯走了上去。

　　什么也没有发生的楼梯上，确实发生了什么。

　　也许并不是这么面对面地站着，在这样的两颗心里，比身体的靠近更深刻。这是两个人最后一次这么面对面地站着。

　　假如李俊哲知道这一切，他是不是能冲破冥冥之中的这股力量，他只要稍稍地朝着前面一点点，但是他没有。他们上了楼梯，世界就变了，光从咖啡馆的每一个玻璃窗户里进来，即使没有阳光，咖啡馆里也是明亮的。这种明亮是相对的。

　　咖啡馆和秋秋去过的每一个咖啡馆都不一样，白色的墙壁下面是一个个白色的小圆桌，圆桌旁的椅子是木制的，有漆成粉色的有漆成蓝色的还有大红色和白色。玻璃上的边框全部也是木头的，有一面全部是白色的边框，有一面又全部是蓝色的。吧台的下面是小的格框，全部排着书，秋秋没有蹲下去看那些书。吧台一边放着的小摆设吸引了她，自行车的小模型上有竹编的筐子，筐子里是用棕色牛皮纸包着的一束束很小的花，旁边还有按照咖啡馆里面摆设的桌椅的缩微版，贴着白色的墙壁，有一个类似埃菲尔铁塔的摆设。秋秋所以觉得那是铁塔，是因为铁塔旁的墙壁上是一个字母，一个用字母贴出来的店名：Café de paris。

　　"哥哥，这里是法式咖啡馆吗？"秋秋转身去问，才发现李俊哲

已经在钱包里拿钱了。

"说好了是我请客的呀。"秋秋一边说着一边去拉李俊哲的手，她很用力地想把李俊哲的手从钱包那拽出来，但是使劲了半天，李俊哲的手连移动都没有移动。

"秋秋，下次你请客，下次你带我来你请客。"哥哥的一只手还被她握着，另一只手在秋秋的刘海上摸了一下后划过秋秋的脸蛋。秋秋的手就一下子松开了，身体都没有了力气。

"你去找一个你喜欢的位置，哥哥端了饮料就过来。"刚刚用力的手已经脱离了李俊哲的皮肤，他当然感觉不到那只刚刚那么有力的手此刻软绵绵的，大概这个时候的秋秋，真的希望自己可以如同轻飘飘的身体一样，变成一团空气，被哪个人吸进去再被吐出来，或者直接被吹散在天空里。

她走到靠着窗户的一个座位，坐下来后从大大的玻璃看了看外面，道路上几乎没有行人，车也没有，刚刚那个二层楼上装饰的彩色马就在那里。小马的身体其实是红色的，上面的线条是白色和蓝色的。

"在看什么呢？"

"哥哥看，那里有一个马。"

"喜欢马？"

"不是，挺可爱的，那种红叫作中国红。"

"中国红？"

"对，就是欢乐、吉祥的颜色。"

"你看那只马是四肢都踩在地上的，我看过中国的那种陶瓷做的马，每一匹马的前面两个马蹄都是在空中的。"

"对呀，马就是要奔跑。"

"不是呀，哥哥觉得马在奔跑前应该是脚踏实地的，所以哥哥喜欢四肢都踏在地上的马。"

"这样……"

"你坐的椅子也是欢乐的中国红。"

"哇，好漂亮的水果杯。"秋秋这才看到面前哥哥端来的食物，透明的杯子上面是堆成小山形状的草莓，中间有一颗整粒的大草莓倒放着，旁边是切成片的草莓，围绕着中间的大草莓，顺着杯口倒立摆开。透明的杯子里面，看到的也是草莓，不同的是上面摆放的草莓，露出的是草莓的外表，而杯子里是草莓被切开后的模样，没有密密麻麻的小黑籽。草莓杯子的旁边，还有一个白色的小水壶，水壶在光下面，白色的瓷器发出的光，显得干净剔透，水壶上面有卡通的图案。秋秋在茶壶上看到了黑色的小汽车，在茶壶的扶手上看到了红色的公交车，水壶的大肚子上还有飞机和高楼，还有太阳和飞鸟。

"给你要的茶，秋秋会喜欢这么精致的小茶壶吧。"

"好可爱好精致。"秋秋说着，李俊哲拿起茶壶的扶手，茶壶变成了两层，下面是配套的小茶杯。李俊哲的手越抬越高，茶杯里就慢慢地装上了暗红色的茶水。

"是红茶吗？"

"红茶是暖胃的，秋秋不是不喜欢喝冰的东西吗？"

"其实中国红茶中国最好，下次我给哥哥带一些，泡出来就是香香的，喝着不是特别浓郁。"

"中国茶肯定好，那哥哥先谢谢秋秋了。"

这个时候，秋秋的微笑僵硬在那里，看了一眼还在笑着的李俊哲，她的头偏向一边，像是一口吞下芥末，猝不及防的眼泪呛了一眼眶。秋秋努力掩饰着情绪，掩饰眼泪，偏向一边的头也微微地抬起来，嗓子眼里用力地憋气，眼泪随着呼吸一起被压下去。

"那里的座位是一个……"秋秋看到了一个摇摇椅，但是她想不出来用韩语的词语该怎么说。

"哥哥你看，那个……"秋秋的手指向侧着头的那边，身体跟着摇晃起来。

"很舒服，下次我们坐那个，让你摇一摇。"

"下次，下次，下次……"这样的字眼在秋秋的脑子里，要把握机会。

"哥哥喜欢喝美式咖啡。"

"是呀。不过秋秋觉得有点苦是吗？"李俊哲说着端起咖啡杯，抿了一口。

"很醇厚，但是……"秋秋看到他抿起的嘴巴。

"哥哥……"

"有事情？"

"李俊哲。"

"在！"他听到秋秋突然这么叫他的大名，刚刚还在回味咖啡的他抿了抿的嘴巴，此刻不能掩饰地变成向上弯起的微笑。

秋秋知道这是最好的时候，人的一生总会有几个最好的时光。秋秋要好好把握这命运给她的机会，她很瘦，所以即使夹在桌子和椅子中间，也能轻盈地站起来。她大概也微笑了，在这一刻她的眼前和脑中都只有那个散发愉悦的微笑的人，她的身体朝着他靠近，两个弧度一致的嘴唇很轻易地就贴在一起。

"哥哥，是你最喜欢的美式咖啡味道。"

秋秋还是站着的，她说着已经从桌子前离开了。她跑了起来，穿过明亮的咖啡馆，穿过一个人的楼梯，穿过那只红色小马的无人街道，穿过那些街道两边的小店，当然也穿过了刚刚那两只小猪。李俊哲坐在那里，在那个好像有过又好像没有发生的吻里，一切像极了春天里的风，轻轻地来了还没觉察就走了……于是秋秋真的随着李俊哲的思想变成了一阵那样的风。

那个下午，宓秋月在十月的天气里，变成了三月的风。

首尔来信第一封

　　我还是会一直地写信给你，虽然哥哥的文笔不好，希望哥哥的真心话可以打动你。今天是你离开哥哥六十天了，一遍遍去学校管理部门寻找了你的资料，也没有得到想要的。宿舍的其他女孩也不知道你怎么就退学了，就连衣服和生活用品都没有带走，她们把你一个小的玉石给了我，我把它带在脖子上了，希望你不会生气，希望有一天能把它还给你。

　　社团在上周末做了一次活动，大家在咖啡馆坐着聊天的时候，我就总有幻觉，你就在我的身边，想起那次我问你"那和谁上街才拉手"？我其实很想要秋秋说和我在一起，这样很多的时候我总是希望秋秋给我肯定的回答，但是我每次又没有勇气，每次都觉得要找一个更美好的时间和秋秋告白。

　　现在我才知道，有你在身边的每一刻都是最好的时间。

　　为什么会这么愚蠢，我为什么会这么愚蠢……脑海里总是一遍遍地回忆着，当你还在身边的很多个瞬间，我为什么不能拉着你的手告诉你哥哥的心意呢？现在的我很爱回忆，如果不是还有其他的人认识你，我会以为自己只是做了一个梦，而这样的梦境却越来越清晰，抓不住的清晰。

　　你还记第一次见到我的场面吗？我们在社团里互相认识了彼此，我对你说的第一句话你还记得吗？我说"你穿裙子感觉比牛仔裤更可爱了"，不知道你是否听到了这句话，你只是微笑，什么话也没有说。那是我第二次见你，也是我找了很多同学故意安排的，我第一次见到

你是在公开课，你站在讲台上做报告，你穿了暗绿色竖条的毛衣，翻出一个小白领子，那一天你其实穿的是牛仔裤，后来我们见面的时候你换了裙子。你的演讲是关于中国的内容，从那之后，我开始去看关于中国的介绍，一切和你有关的内容都让我好奇让我激动，也第一次知道喜欢一个人就会自卑起来。虽然我们一起学习一起逛街，但我还是害怕如果我就这么表白我的心意你会不会拒绝我，更害怕的是连和你在一起见面说话的机会都没有了。

秋秋，你会看到我写给你的信吗？会有什么样的理由让你突然消失，还是有一天你会回来？

4

　　李俊哲第一次有这样的感觉,好像自己站在最喧闹的马路中心点,眼前只有川流不息的车辆和蚂蚁般密密麻麻的人群,却找不到自己想要的人也不知道自己要去哪里。明明昨天还和自己说话、微笑的那个人,就这么不见了。所有熟悉的地方都变得陌生起来,那个就在你旁边的人就这么没了。以为就要抓住的和拥有的,一瞬间就没有了。舍友没有她的消息,教室里没有她的身影,终于按捺不住,找到学校的老师才知道:中国的留学生宓秋月退学了。

　　秋秋退学了!

　　明明不久前他们还在一起,在那个狭小的没有其他人的楼梯上,这个中国姑娘高兴地说着自己和他一样高了。那样的时刻里,李俊哲感受着自己的呼吸,他几乎要无法控制地伸出手拥抱她,但是他察觉到秋秋的紧张,于是他退却了。他害怕自己的举动会吓走了她。在努力控制中,他听到了其他人过来的声音,两个人就走开了。李俊哲不会想到,这居然成了他们最后一次见面。

　　他走过便利店,久久地盯着门口。自动门打开一次又打开一次,无论多少次都不会有他期待的那个人出来。但是她真的就从那扇门走出来。他叫她的名字,秋秋就那么可爱地对着他的方向慌张地鞠躬,她那么温柔那么可爱,好像是因为没有认出他,居然脸红得用冰饮料

贴着脸说"对不起，不好意思"。

他最后一次去他们去过的咖啡馆，毫无任何改变却完全地变了，再也没有任何关于秋秋的气息，摇摇椅上一个人也没有，秋秋也不在。李俊哲看着面前最爱的美式咖啡，不敢喝下去。

"哥哥，是你最喜欢的美式咖啡味道。"李俊哲已经不敢回忆秋秋那天说给他的话，就好像含在嘴里的咖啡还没有完全下肚。面前坐着她，那张可爱极了的小脸。她真的给了他一个吻。李俊哲本来应该追上她的，他当然要追上她，拉住她，拽住她，狠狠地包裹住她。假如他知道结果变成现在这样，他一定会那么做。当他还没有完全清醒过来的时候，宓秋月就这么一阵风似的没有了，等他确实回过神来的时候，他也确实犹豫了。他以为宓秋月一定是害羞了。一切就在他的犹豫中全部改变了。等他再追出去的时候宓秋月已经走了。那时候她应该已经在地铁上了，地铁也许已经开过汉江，宓秋月正在看着阳光散漫地洒在水面上，而李俊哲站在咖啡馆的楼下，不知道该往哪里走。

如果李俊哲冲出去，在那一刻冲出去死死地拽住宓秋月，会不会她就会把自己要离开的决定忍不住告诉他呢？毕竟当一个姑娘面对自己所爱的人时是经不住诱惑的。但是李俊哲没有，生活中常常会有这么多的假设。而就是因为这个假设是不成立的，所以李俊哲就要承受找不到她的煎熬。很多时候，人们都以为思念会随着时间慢慢地变淡，对于有些思念也许确实是那样的，但是有些并不是。李俊哲也不知道自己怎么会这样思念一个中国女孩。

起初知道秋秋退学的那几天里，他几乎整夜都无法入眠，各种的可能在他的脑海里，他只要不上课都在想尽办法寻找关于这个消失的中国女孩。

秋秋常常地做那个梦，她从车窗户望去，不知道是因为阳光，还是汉江的水映衬了阳光，在行驶的车窗外是一整片的明亮耀眼，波光和前行的车辆让光跃动了起来……如此充满了希望的一幕，出现在秋秋从咖啡馆奔跑出来坐上车回学校的路上。时间慢慢地过去，秋秋开始模糊起来的记忆，分不出来是在梦里还是真实存在过。

她是从北京直接回的西安，秋秋只带了最小的那个箱子，她其实没有想那么多，她甚至不知道所谓的破产真实的意义是什么。父母没有来接她，从来没有发生过这样的事情，但是真实地发生了。第一次在自家城市机场打车感觉好奇怪，并且她去的那个地址也不是自己家的地址。

二十一岁的宓秋月在出租车上看着秋天的西安，还带着些许回家的激动，在这仅有的几十分钟里，她还是那个含着金钥匙出生的"公主"。很快，一切都翻天覆地了。秋秋从没有来过这个地方。她也不知道原来西安还有这么一个地方，不知道那天是不是阴天，还是艳阳高照的天气。秋秋已经记不住了，那一段记忆就变得很模糊，她只记得屋子破烂不堪地连成片，旁边来来往往的人也都穿得脏兮兮，有的男人用奇怪的目光看着拉着箱子的宓秋月，让她感觉害怕。总算看到了一个年纪大一些的妇女，她才鼓起勇气，问那个妈妈告诉她的地址，妇女东指西指令宓秋月更加混乱了。她仔细地看那些屋子，有的红砖从灰色的水泥裸露出来，有的砖头干脆已经看不清楚颜色，有的墙壁上用圆圈围着一个大大的"拆"字，有的明明是两层的屋子上面，又好像多加了一层很小的屋子，所有的屋子都是扭曲的模样。

他们家已经没有属于自己的车了。他们家就住在一间两层砖房上面加盖的那一间屋子里。宓秋月的爸爸并不在家，也许是考虑屋子太小，一张床是无法睡下三个人的，也许是别的理由，她并没有看到亲爱的爸爸，只有妈妈在一张木板上摆弄着饭菜。

秋秋找到那个屋子的时候已经觉得破旧不堪了，开门的也并不是妈妈，是另一个中年的妇女，说着浓重的陕西话，开始的时候质问般的语气很凶，突然想起了什么似的，就对着她说你是不是王玲的女儿，语调也从陕西话变成了普通话。她还告诉秋秋，说你妈早说过你了，

就是长得漂亮呀，还是留学生真了不起，有机会要多和我家那娃说说，和你学习学习。

她的脑袋里被这些乱七八糟的事情弄得混乱不堪，只是跟随着这个女人进了屋子。第一个楼梯还挺正常，第二个楼梯就是一个木梯子，特别地陡，那个女人倒是很好，帮着秋秋拿着箱子，还喊着她妈妈的名字。秋秋第一眼看到妈妈的脸是从楼梯的最下面仰着朝上看，妈妈的脸正好朝下看。

"秋秋，等着妈妈来帮你拿箱子。"

"你不用下来了，我搭把手就行了。"

"妈……"秋秋想了很多的话都不知道要怎么说。

那个女人寒暄了几句就下楼去了，剩下母女两个人。屋子很小，有一张大床和一个木柜子，书桌上铺了一块木板，书桌就变成了饭桌。上面有盘子有碗，有的上面有花纹有的没有，几乎每一个都有磕伤的痕迹，瓷器就是磕掉了一块，铁的就是凹进去一块。秋秋记得妈妈从前是特别讲究的人，平时要上桌子的餐具都必须是一套一套的，纯白色的瓷器里面不能掺进去一个带着花纹的，假如是花纹的，也要配套的花纹才可以。她不喜欢用铁质的餐具，不过心血来潮做个牛排什么的，会偶尔用银质的。妈妈说过吃饭已经不仅仅是为了填饱肚子的事情，是一家人在一起的美好时光，所以每一次都要努力营造出更温馨、惬意的环境。再看看妈妈，秋秋觉得妈妈好像瘦了很多，脸上因为消瘦多出了很多皱纹。妈妈穿了一件枣红色的毛衣，下面是一条很普通的料子布裤子，仔细看有浅浅的竖条纹，脚上穿的是过去秋秋学习跳舞时的黑布鞋，带着一个很小的跟。她才注意地板是灰色的水泥地，屋子的墙壁也是灰色的，还有些凹凸不平，秋秋只在家里买了新房的时候见过这种形式的屋子。

"飞机上有饭吗？妈妈做了你喜欢吃的。"

"妈，爸爸呢？"

“你爸爸有点事情，最近都不在。”

“刚那女人是谁？”

“是房主，人挺好的，平时很照顾，以后你就叫她刘阿姨。”

秋秋很想问妈妈咱们家的屋子呢，但是她不敢问。妈妈搬来那种可以折叠的铁椅子，坐垫上面的一块皮子已经烂了几个洞了。

拿着筷子把菜送进嘴里，明明是自己朝思暮想的饭菜，明明是出自妈妈的手艺，明明是在自己的家里……可是一切都不对劲了。这样的情境下，秋秋还是一个劲地夹了这个盘子里的菜，又立刻去尝另一个，嘴里还时不时地发出“好吃”“就是这个味道”“妈妈做得真好吃”这样的赞叹。尽管如此，秋秋还是觉得眼睛里有东西一直往外涌。她的头除了盯着自己的碗不敢再看别的地方，尤其是妈妈，陌生的环境和不一样的妈妈都让真实的此刻变得不真实。她想起还是昨天的情景，漂亮的法式咖啡店，窗外的小马和干净、寂寞的街道，桌子上精致的茶杯，漂亮的草莓杯她好像还没有来得及尝一口。从前在秋秋的记忆里，西安这个城市比起韩国要现代，楼也要高一些，屋子都要崭新得多，道路也更宽敞……但是此刻的城市变得不是她的城市了。

眼泪一滴一滴变成一串，全部都打在饭碗里。

“妈……”秋秋想转过头去洗手间，抬起头看见妈妈脸上的泪，已经来不及用手擦拭干净了。

“别哭了，妈。”

“哎，别怪妈妈爸爸。”

“这不挺好的。”

“妈妈也是没有办法才叫你回来的，家里确实没有办法再给你生活费了。”

“我也是咱们家的一员，我也过了十八岁了，妈妈应该早就告诉我。”

“你从小哪里受过这样的苦。”

"我在那边继续花钱，每天吃得好穿得好，爸妈在这边这样，妈妈，你觉得这样合适吗？"

"本来想起码让你毕业了，但是……哎。"

"别叹气了，妈妈，快吃饭吧，你弄了这么多菜。"

"你吃你吃。"

"一起吃完了再说。"

秋秋慢慢地知道了家里发生的一切，不是单纯的破产，爸爸被卷进了一场经济官司里，判刑入狱半年，家里的厂子、房子还有一切都抵押出去了，要不是这样，爸爸也许被判得更久。出事的时候，妈妈找了家乡的亲戚来帮忙想办法，结果没有帮忙不说，还把家里值钱的东西拿走的拿走变卖的变卖，妈妈喜欢的根雕，十几万买来的，亲戚就丢下一千块钱，还说是托了熟人才卖的，以往的珠宝首饰更是没有了踪影。秋秋想象不了妈妈经历了什么，她知道爸爸入狱后，妈妈肯定焦急万分，到处找人托关系，估计稍微觉得值钱的都拿出来了，只是没想到这样的时候，亲戚居然没有同情妈妈，反而还想占点便宜。

秋天过了就是冬天，这期间妈妈做过很多的事情。白天在家政公司当过家政，晚上妈妈就在那种一个黄色的灯泡下面织毛衣，都是小孩的小衣服，是房东给她介绍的活儿，别人是人到中年没事做了，一群女人在一起织毛衣消遣，秋秋的妈妈是为了多织几件换点儿钱。秋秋想当家庭教师，教人韩语，可是所有的机构都嫌弃她没有毕业证书。她要求和妈妈一起去家政公司，但是她没有任何这样的经验，带着她做了一次，公司就觉得这样的事情实在不适合她，估计到时候天天都是投诉的客户。这样胡乱地糊弄着，日子过得也不算快也不算慢，天气很快就冷了，秋秋找到了在街边发传单的工作，她以前不明白那些发传单的人为什么要在马路上，车来车往危险极了，没有人想要那些单子，却偏偏还要塞进车里，塞不进去也要想办法卡在车窗里。自己经历的时候，一切就不需要问那么多为什么了。

　　每天只希望多完成一些工作量，房费还要交，爸爸也快出来了，总算是赶在过年的时候一家人可以团聚了。不久前还在聊着 QQ 说着自己恋爱的感觉，还商量着毕业了一起去韩国玩或者去国外玩，还编织着那么多似乎随着时间就能慢慢实现的事情，转眼就这么远得不敢再看。

　　那天变天了，开始飘了一些小雨点，又夹杂着一些雪花，秋秋被来往的车溅了一身的泥水，她的心里一直念叨："坚持一下！坚持一下！"

　　"多少钱，我要下车，这不是秋月吗？"

　　又冷又累的宓秋月听到似曾相识的声音，但是她还没有反应过来，心里还在想发完传单就可以回家了。

　　"宓秋月？"

　　"嗯？"

　　"我就看着像你，你在这里干吗呢？"

　　"我、发传单。"

　　"哎呀，路边说话嘛。"宓秋月已经被拉着去了路边。

　　"你不是在韩国上学吗？你这是干吗呢？"

　　"我、我回来了。"

　　"这会儿又不是放假的时间。"

　　"我家里、家……"

　　"你不会是骗人说你去韩国上学的吧？"

　　"……"

　　"我简直都认不出来你是秋月了？我们都以为你在韩国，还经常说到你各种羡慕呢，你这是干吗呢？你那些照片该不会是旅游照的说是自己上学的吧。"

　　"我……"

　　"你这样没意思得很呀。上学的时候还觉得你挺可爱的，怎么还

这样。"

秋秋想反驳，又不知道要说什么，她甩开拉着她胳膊的手，继续到路中间去发自己的传单。

"哎呀，你别这样，有什么难处你说嘛，我不会告诉别人我看到你了。"

"宓！秋！月！你嚣张什么你？凭什么不搭理我。"张倩一边说着一边围着往车上塞传单的秋秋。

此刻的宓秋月在混合着小雨的雪里，雨水顺着头流下来，顺着脸颊滑进脖子里，并不是眼泪。她想起了刘苗淼，想起了自己的高中生活，那时候张倩什么都要和她比，她穿件新衣服，下一周张倩就一定也要穿一件，成绩出来的时候，张倩完全不在乎别人的成绩，就盯着她的，如果超过了她会高兴好几天。有一次，她走过张倩座位的时候，不小心把她的笔盒碰掉了，好像是个什么迪士尼牌子的，她就没完没了地生气，刘苗淼直接上去又踩了几脚，还说自己不小心完全弄坏了，只好想办法给她赔一个新的了。但是宓秋月知道张倩并不坏，她只是太大小姐，自己太过任性，因为那件事情后她自己告诉宓秋月不用赔，其实她本来就不是很喜欢，但是忍不住就是看着宓秋月那种大小姐的样子就生气。

她那时候还和刘苗淼说，张倩这种人就是想做厉害人又做不出来，真的为难别人的时候，就下不了狠心了，可是今天，雨雪也洗不掉她内心那股作祟的自尊心，她希望那一幕只是书上的一幅插图，她伸出手用不大的力气就把它撕掉了，然后一切就根本没有发生过。

回家后，喝了稀饭匆匆洗了洗就睡觉了，那个晚上她又梦见了自己走在汉江的大桥上，车窗外的阳光和水都闪动着。那些原本真实的生活，真的会在一瞬间全部都改变了。从前觉得自己去买打折的水果都是多么节俭，直到有一天，能吃饱饭都觉得是一种奢侈。

秋秋在这个梦里睡了一天一夜，发高烧的她什么也不知道了，第

二天的傍晚秋秋才睁开眼睛，不是韩国的宿舍，也不是自己的家，而是这个连光都照不进来的小屋子。这个时候的宓秋月，疲惫得连眼泪都流不下来。秋秋得了肺炎，肺炎刚刚好转，又开始拉肚子，伴随着呕吐，秋秋的冬天都在没有光的屋子里，也没有厕所，就是两个盆子，吐了或者拉了，都要妈妈拿下去倒掉，看着每天辛苦的妈妈，秋秋真的恨不得闭上眼睛再也不要睁开。屋子里难闻的味道还有自己身体的难受以及对于妈妈的心疼，宓秋月的人生还不如头顶上的灯泡明亮。

"有人找你家姑娘。"

"是吗？那我下来。"秋秋的妈妈听到，应声道。

"有朋友要来找你吗？"妈妈一边把手里织的毛线放下一边披衣服。

"没有呀，我回来好像没有告诉过谁。"秋秋原本躺着的身体，朝着上面挪了挪。

"妈下去看看，你躺着吧……来了，这就下来了。"

秋秋听着妈妈踢踢踏踏下楼的声音，听到楼下的对话，她大概听出来是谁来了。

"这楼梯不好上，你这大高个能行不？"

"没事的，阿姨，您慢点。"

"秋秋，你同学来看你的。"

"宓秋月，是我。"他的半个身子已经露出来了。

"杨枫？"

"好久不见了。"

"你怎么知道我住这里？"

"我、你这是生病了？"

"秋秋，妈妈下去给你同学买点水果，你们说。"

"阿姨，不麻烦，我一会儿就走。"

"你和秋秋坐坐吧，她都病了好久了，就我天天和她在一起，估

计她闷得很。"

两个人都听着妈妈的脚步声，一点点小了……

"你怎么知道我家住这里？"

"我、宓秋月，你这是怎么了？"

"我生病了，快好了。"

"我不是问你这个。"

"我、你现在上学忙吗？"

"我就说怎么给你发 QQ 你也不回复，也不见你更新什么。"

"很快就好了，谢谢你来看我。"

"你妈又不在，你和我好好说。"杨枫说着，走到了秋秋的床前，他做了一个伸手的动作，但是停在空中，就又收回去了，接着又往后退了几步，和秋秋保持了一定的距离后接着说："你好瘦呀，你到底是怎么了？"

"你是怎么知道我住这里的？"

"你、你别管我怎么知道的，你就说你家怎么搬到这里了？"

"你这么想知道吗？"

"我当然，当然、我就是担心你。"

"我家破产了。"秋秋说得很平淡，其实她的手指在被子里用力地抓着被单。

"你回国为什么不告诉我？"杨枫的手也用力地攥在一起，他很想冲到床前，抓住宓秋月的两个胳膊，对着她眼睛问她，可是他不敢，面前的她那么瘦，瘦得不是他心里的那个宓秋月；面前的屋子那么破烂，他想象中的屋子。他记忆里的宓秋月，喜欢穿着小熊维尼家的衣服，总是衬衣和深色的牛仔裤，脸上永远都挂着微笑。

"杨枫，能不能假装没有来看过我？你、能不能假装什么都不知道？"

"怎么假装？"

......

　　"谢谢你来看我，我也不舒服，想休息了，你早点走吧。"秋秋把露出的小半个身体全藏进了被子里，她安静地闭上眼睛，不想再说一句话。

　　屋子本来就狭小得令人窒息，小小的窗户也不敢打开，冬天已经来了，一点儿空气会使屋子变得更冷。杨枫眼前的宓秋月蜷缩在一条碎花被子里，小小的身体在被子里几乎没有什么凸起的部位，头顶那里露出的一点儿头发才说明那里是躺着一个人的。床是老式的木板床，就是四条腿上面铺着一块木板，屋子的墙也很久没有粉饰过了，杨枫觉得如果自己用力地大吼一声，墙皮就能掉下好几块来。一个小的方形桌子，上面放了扣着一个碗的盘子，盘子的旁边是一件没有织完的毛线衣，桌子旁边放着两把椅子，一把椅子有一个靠背，别一把椅子上面还有一个钉子很显眼。

　　杨枫的脑子怎么也不能把眼前的一切联系到宓秋月的身上。高二那年宓秋月的生日，同学们都开玩笑说秋月家是"有钱人"，非要她在家里请大家吃饭，后来说着说着就成真了。那天杨枫到得比较早，他原本想好的是可以在小区里走走转转，但是到了大门口，门卫询问了他是去哪家后，用对讲机联系，就领着他直接到了秋秋家的门口。小区里的房子都是三层或者两层的小别墅，种植的树木也很多，这让杨枫手里原本比较大的花束都显得很小。秋秋已经站在门口等他了，那天她穿了一件白色的衬衣，上面是一个背心裙，在花丛一般的房子前面，杨枫第一次觉得秋秋变得那么不可靠近。

　　"不好意思，我来早了。"

　　"总比来晚了要好。"秋秋走过来，看见了他手中的花，停顿了一下又接着问他："送给我的礼物吗？"

　　"嗯，生日快乐。"

　　"我能不能告诉你一件事情？"秋秋已经走到了他的面前，伸过

头，秋秋的身高刚好就能凑到花朵前，闻了闻后说。

"你说。"

"你是不是当我是你的长辈呢？"

"嗯？"杨枫正望着秋秋出神，被她这么一问，更听不懂她在说什么。

"这么多的康乃馨，这是送给妈妈的吧。"

"啊？还有别的花呀。其实……"他想说其实有一朵玫瑰，话到嘴边还是没有说出来。

秋秋拉了下他的胳膊往屋子里走，屋子的门上是密码锁，打开后家里是木质的地板。杨枫主动地脱鞋，秋秋告诉他不用了，今天来的同学多，都在客厅所以不用拖鞋了。杨枫的目光才开始从秋秋的身上转移到屋子里，他似乎是第一次看到住的屋子可以这么空旷，不是大，而是空旷，因为屋顶和地板间有着很大的空间，和一般屋子的大是不同的，有点像咖啡馆或者酒店的大厅，只是装修要豪华得多。

杨枫从记忆里回不来。秋秋虽然躺着一动没动，可是秋秋可以感受到自己的眼角有眼泪滑过。时光可以改变一切，那个有了委屈就一定会"哇哇哇"哭得一把鼻涕一把眼泪的宓秋月此刻静悄悄地，任这些说不出也道不明的感觉快要侵蚀了自己，在这呼吸都艰难的时刻，一床小小的被子成了她此刻全部的支撑点。她静静地聆听着，听着屋子里的动静，听着杨枫的动静，听着自己的动静。

"走吧，求求你快走吧……"自尊让秋秋在被子下面的那个世界里已经呼喊了起来，但是她不能喊不能说，她此刻只能把自己的世界全部藏在这个被子下面。

杨枫还在幻觉里，他实在希望这一切就只是幻象。但是眼前的空间，呼吸着的空气，还有刚刚秋秋的声音都真实得不可思议。

"那你好好休息，我……"声音就停在这里了。他想说我还会再来的，又觉得不能这么说。以前他们说话的时候也常常是杨枫不知道

该说什么，但是那是秋秋故意逗着他玩的，他只用傻傻地对着秋秋笑就好，换来的是秋秋更明媚的笑容。他的脑中又出现那个活泼开朗的宓秋月，她笑起来的时候会忍不住地捂住嘴巴，身体微微向前倾斜，如果笑的声音再大一些，她前倾的身体会随着头两边摆动起来。

现在的杨枫该怎么让那个宓秋月回来。

屋子里还是沉默。

"我、我这就走了，你好好照顾自己，我……"依旧停留在这个"我"字上。

杨枫觉得现在的自己什么也做不了。他看了秋秋一眼，依旧一动不动，也没有声响，他终于下了决心迈出了一步。

下楼梯要比上楼梯麻烦得多，他这样的大个子更是艰难。杨枫觉得鼻子里有种酸酸的感觉，眼泪要下来一样，秋秋的日子究竟要是什么模样？

杨枫和房东打了个招呼，出了大门，刚要抬头，看见秋秋的妈妈迎面走了过来。

"阿姨，宓秋月身体不舒服，我下次再来。"

"不再坐一会儿？不过家里简陋、阿姨随便买了点水果，你拿着吃？"

"不用了，阿姨，你给秋、给宓秋月留着吃。"杨枫觉得还是叫大名好一些。这时候秋月的妈妈看着眼前这个男孩，个子看上去一米八还要高，穿着一件黑白相间的外套，头发利索得差不多到耳朵那里，五官里鼻子最好看。

"是同学吧？"

"对的，阿姨，我还去过您家。"说完又觉得不该提起，本来还看着阿姨的脸，让他一时不知道该怎么办了。

"对，你这么说我有点印象了，早早到的那个。"宓秋月的妈妈好像一下子想起了什么。以前的时候这些她也许不会放在心上，假如注

意到了，可能还会告诉女儿，学习重要，现在一切都不一样了。

"阿姨好记忆。"杨枫这时候只能看看秋秋的妈妈，她穿着的外套是一件皮子的，价钱并不便宜的那种，可是里面露出的毛衣是暗色的红，看起来和脚下的裤子倒是很配套，但是和这种高级的外套搭配就显得有点滑稽。和上次的那个秋秋妈差别很大，那时候的头发是精致的卷发，一看就是特别做出来的，现在虽然还有一些卷，但只是随意地被一根皮筋拢在一起。

"那我就回去了，等秋秋好了你们玩。不过你现在还上学吧？"

"嗯，对，平时住学校。"

"在哪个大学？"

"我在交大，大学没有那么忙。"

"学习这么好呀，个子也高。那你快回去忙吧，谢谢你来看秋秋。"

"阿姨再见。"杨枫说着转过身体，走了几步又回头看了一眼，看见秋秋的妈妈还站在那里，他又招了招手说了句"阿姨，再见"。但是秋秋的妈妈似乎只是在发呆，并没有看着他，他的大长腿就迈得更快了一步。

宓秋月在那个屋子的小阁楼里，在那个床上，在那个被子下面，眼泪顺着脸颊流下来，她根本不想擦，也没有意识到要去擦，她听着杨枫下楼的声音直到什么声音也没有。这么安静的屋子终于属于她自己一个人。她本该好好地大哭一场，但是她没有，想到也许妈妈很快就会回来，她僵住的身体要立刻活动起来，她要擦干脸上的泪痕，要假装悲伤并没有来找过自己。

首尔来信第十封

哥哥真的特别生气，为什么已经这么久了秋秋也不给哥哥回信？

我每天打开邮箱都期待能看到你的回复，并且每一次都告诉自己如果你不回复的话，这真的是我最后一次看邮箱了。虽然我心里这么说，但是我已经做了一个决定，就是我要去中国，即使不能见到秋秋，我也想去看看秋秋生活的环境是什么样子，也想知道中国人的思想，也许会找到秋秋突然消失掉的理由。

前几天我已经和父母商量了去中国的事情，如果转学去中国的大学手续会有一些麻烦，因为我是留学生，学费也会高一些。向认识的一些学长了解，联系的学校都在北京，那边的韩国人会比较多，在我不会中文的情况下，要先去那里上语言学校。父母同意如果我执意要去，可以给我提供一部分的学费，他们也觉得其实去中国学习一门语言，对于我以后的工作也有帮助，另外韩国本来就不如中国，中国面积大人口多机会也多一些，但是生活费需要我自己打工。我相信秋秋是喜欢哥哥的对吗？不然那一天你不会约我出去，给我一个吻就走开，我相信你一定有苦衷，可是我想不出来原因，所以我想自己去找这个原因。

哥哥很想你。哥哥已经开始打工了，要赚到第一年或者半年在北京的生活费才能去上学，希望你看到信能给哥哥回信，让我知道你的心意。

每一天过得很快也过得很慢，我在一家披萨店里给人送披萨，周末的时候两天的班，周内的时候根据我的时间送够十二个小时，冬天真的冷，骑着摩托车哥哥觉得加了棉的鞋子穿在脚上，就好像没有穿一样，但是我想到为了可以去中国，就没有那么痛苦了。以前总是想买流行的衣服鞋子，现在这些都不重要了，大哥不穿的棉衣我也觉得很好，这些都是秋秋让我懂的，不然我还是一个花着家里钱、每天想着过得愉快一些的大男孩，现在我有了自己的目标。

附件里有哥哥最新的照片，骑着摩托的哥哥是不是更帅气了？我现在很厉害，可以一次送二十盒的比萨呢，工作了不到一个月，就有这么厉害的记录，而且哥哥的胳膊更有力气更强壮了。

很想漂亮的秋秋，你现在干吗？给哥哥回信好吗？

5

　　杨枫的心情一下子就乱了。张倩给他打电话说有大消息要告诉他的，但没有勾起他的兴趣，张倩偏偏就是不说，说要见面才会告诉他，他就觉得烦了，告诉她那改天约她。

　　"你确定不着急知道？别后悔。"

　　"我最近忙完就请你吃饭。"

　　"怕你忙完有些事情也就晚了。"

　　"那你有什么别这么拐弯抹角。"

　　"你最近联系宓秋月了吗？"

　　"我、我俩的事情你怎么操心起来。"

　　"你试试看，你能联系上她不？"

　　"她怎么了？"

　　"这下你要不要出来听我说？"

　　"你好好说，她怎么了？"

　　"你看你，杨枫，我还不是知道你关心她才要告诉你的，你自己要忙，我有什么办法。"

　　"你在哪，我一会儿就找你。"

　　"我在钟楼，你快来，我真的有特别害怕的消息告诉你。"

　　"你先说先说……"

"我见到宓秋月了，她不在韩国了。"

"哦！"杨枫听到这个消息刚刚悬着的心情一下子松弛了，但很快又沮丧起来。

"你快来吧，和你想的不一样，我电话里真的说不清楚。"

当杨枫和张倩面对面的时候，听着她的描述，并不足以让他相信，但杨枫也确实很长时间没有联系到秋秋了，所以他还是很焦急的。

"我开始也不相信那个人就是宓秋月，她一个大小姐在路边发传单，那天小雨夹着雪，也是因为堵车，我就仔细看外面到底有没有雪花……看到发传单的，她的样子你说我能不认识，我也不相信，我就给了司机钱直接下车了。我是觉得她明明在韩国，怎么到这里发传单了。"

"那她和你说什么了？"

"她承认是她了。"

"什么意思？承认是她？"

"就是她承认自己是宓秋月，然后我问她为什么不在韩国，她就不说话。"

"是不是、社会实践什么的？"

"我就问你最近她联系你了吗？"

"没有。不过，我们联系一直不是很多。"

"反正她奇怪得很,她说自己在韩国上学,结果在大街上发传单。"

"不许你这么说她。"

"你是不是不相信？"

"不相信。"

"因为我当时答应她不告诉别人的，可是我、我也不知道是讨厌还是喜欢她，这几天心里一直很难受，我带你去她家，你一看就知道了。"

"你怎么知道她家？"杨枫确实有点担心了，又害怕张倩是胡说八道。"我知道她家，我去过的。"

"那你现在去她的那个家看看，你看她还是不是住在那里。"

"那你说她家在哪？"

杨枫一口气喝了面前的饮料，拉着张倩就要走，张倩面前的咖啡一口都没有喝。张倩并没有跟着他站起来，她望着坐在那里的杨枫。

"走呀？"

"你先坐下来。"

"你别在这里磨蹭，是不是真的你直接带我去看看。"

"我、怎么说呢，对于宓秋月，咱们上学的时候大家都知道。我老是觉得她太大小姐了，一堆人都宠着。那天我看到她是很吃惊，她穿的还有她回答我的那个状态，反正肯定和从前不一样，我是跟着她一路看到她家的。我能感觉她见到我后整个人像是受了什么刺激一样，我跟踪她压根没有被发现。"

"她到底怎么了？"

"你听我慢慢说，等我到了她家，我也不知道那是不是她家，反正估计你从未注意过那么破烂的地区。我知道她家以前住哪。我心里有点难受，第一个就想到你了，我总觉得这里面有什么，还是让你知道好，也许你愿意帮帮她。"

"那就走呀。"

"害怕你看了接受不了。"

就像张倩说的那样，杨枫到了那个门口确实没有进去，当然这和张倩也在旁边有关系，他稳定了一下情绪，然后就拉着张倩走了，请她吃了饭说了一些别的事情，那时候的他再也不想听到任何从张倩嘴里说出关于宓秋月的事情。回到宿舍，他给刘苗淼打了电话。刘苗淼说秋秋说有可能要回国一次，说好了回来的话就见见，可是似乎也没有回来。但是语气还有开玩笑的意思，说也许是和韩国欧巴恋爱了，也不搭理她了。

杨枫的心里已经听不进去这些，他自己尝试了邮件和QQ的联系都没有回应后，杨枫再也无法等待下去，他去了张倩带他去的那个地方。那里的屋子已经很破烂了，而他进去后被告知宓秋月和妈妈住在上面的时候……几个小时里，杨枫都在大街上游荡，不是宓秋月失去了家，而是自己。脑海里的宓秋月，成了一个错位的路线图，他根本无法把上学时的她和那个躺在阁楼里的女孩联系在一起。

一阵接一阵的风吹来，杨枫感觉不到，车声、人声都和这风一起消失了。自己的生活比不上宓秋月，却从来没有为了生存发过愁，住一个干净、宽敞、舒适的屋子是不需要去思考的问题，当看到秋秋的居住条件，任杨枫有如何的想象力也不能把这里和秋秋放在一起。身边的每一个家人、同学、朋友都不应该住在那样的地方，尤其宓秋月。

秋秋的妈妈进了屋子，也并没有直接上楼去，她对着房东说着话，告诉她买的水果很好，给她尝尝，她的声音故意放大到能让楼上听到的音量。对于她来说，她知道此刻要给女儿一些自己的时间，她猜想宓秋月正躲在被子里，可能眼泪正连成珠子项链，而作为她最亲的母亲，她觉得自己并没有任何可以安慰宓秋月的话，尽管贫穷不是羞耻的事情，但此刻，换成是自己的朋友来，也会让她觉得十分窘迫，更别说还是孩子的女儿。

宓秋月觉得自己要比想象中坚强。妈妈进来的时候她已经用毛巾擦了一把脸，为了让刚才的情绪不被妈妈察觉出来，她故意从床上起来了，活动活动要比躺着好多了。她环顾了一下自己的屋子，眼前出现很多年前还在学校里的场景：她记得有一天下午放学后，她在教室里磨蹭了一些时间，就想自己一个人。刚出教室没走几步，就看到了一个身影，背着夕阳站在那里，光很强很亮，很高的身影被身后的光衬托着脸是一团黑色，不知道看了多久眼睛适应了强光才看出来是谁，那一刻她觉得这个人和从前不太一样。还是宓秋月先开口问他是在干嘛，他吞吞吐吐地说不出来，有那么一刻宓秋月就突然明白了，只是她并没有再多说什么，用别的话岔开了。

人的感情有很多，高中的时候秋秋对于杨枫的感觉比起其他的男

同学还是有些不同的，但也始终没有给她机会说破。到了大学，她很多次都希望李俊哲可以说出那几个字，最终他也没说。宓秋月的思绪就这么被拽回了韩国，那个还没有冷了的日子，那个坐在她面前的韩国哥哥，那个漂亮的桌子上面可爱的蛋糕和茶杯，而她越过那些美好去亲吻了一个男人。

宓秋月觉得为了能有机会再见到他，自己必须要振作起来。

"秋秋，妈妈回来了，你同学走了？"楼梯吱吱呀呀的声音里混合着妈妈的声音。

"嗯，我起来了妈妈。"

"怎么起来了？还烧不？"

"妈妈，感觉睡了太久了，活动活动，要不帮你把那些毛线缠了。"

"不用不用，我和其他阿姨一起就弄了，你吃水果不？"

"我同学说他们学校有人想学韩语，来问问我愿意教不。"

"那不是挺好，不过你身体好了再去吧。"秋秋这时候走过去，抱住了正在说话的妈妈，她用两个手臂把妈妈的手臂和身体一起包裹住，她的头越过妈妈的肩膀，下巴贴在妈妈的背上。

"妈妈，等爸爸回来了，咱们的日子会慢慢地好起来的。"

"这孩子，怎么了？"

"特别想抱抱妈妈。"

……

一个人是另一个人的想念、希望，但在爱这件事情上却和力的相互作用不同，没有付出和得到之间的平衡点。

当宓秋月抱着妈妈心里念着李俊哲的时候，杨枫正在冷风里。包围着他的是更加浓烈的思念，这样的见面比思念的感觉更要撕裂了他。杨枫问自己为什么不敢冲到那个床前，那个距离那么近的空间里，他却只是呆站着看着那个被子下面的宓秋月，明明应该冲过去，抱住她带着她走，可是他不敢也做不到，面对着宓秋月，杨枫就像是一个只会发呆的木偶。他终于走进了一家餐厅，随便点了一碗面，等到面条端上来，他一口气就吃完了。杨枫恨自己，恨自己没有勇气也恨自己不够强大，毕竟他只是一个学生，带着秋秋走，他又能给她什么？

他望着眼前空空的碗，有一个想法：从前秋秋高得他根本不敢攀登，他感觉自己的条件根本没有资格去爱她，但是现在不一样了。

这个想法让他突然振奋了起来。

那个夜晚，杨枫不知道自己是怎么回的宿舍，他被这样的想法折磨得一夜都没有入睡。

悲伤和欢乐交错，来得太多来得太快。对于杨枫来说，好像突然有了希望，可是这样的希望又怎能说是希望呢？每个人都也许会面对突然而来的变故或者机遇，对于二十多岁的杨枫和宓秋月来说，原本习惯了的生活，就这样出现出了新的转机。杨枫从未这样怀疑自己，明明爱上一个人的感觉就是希望她是微笑着的，但看着用"悲惨"来形容都觉得程度不够深的宓秋月，他的内心里除了心痛，却被越来越多的兴奋占据，好好把握就是希望，就是自己早已经没有希望的希望。可是人性的这种自私却也令杨枫内心一阵阵地伤感起来。

接下来的一个星期里，杨枫都尽量避免和其他人交流，他想冷静下来，内心的涟漪却一波接着一波。

秋秋的妈妈时不时地期待杨枫会来看秋秋，可是一个星期过去了，他并没有来过，心里失落却也无法开口来询问。这样的状况下，别说是一个还在上学的孩子，一般人哪里会有这样的承受能力。秋秋的妈妈只是期待着老公能快些出来，一家人起码能一起过这个年。秋秋的身体也好起来，自己又可以出去做家政了。于是她一周一天的休息也不要了，可以多换来几个小时的工作，晚上回来已经很累了，但还是想能再多织几针，似乎自己忙碌的话，日子就能过得快一些，老公也会早日回来。

妈妈的辛苦秋月看在眼里。于是秋月每天帮妈妈去买菜。人的成

长和改变是很快的，秋秋在菜市场里已经学会了多问几家，比较出来哪家的菜最便宜也相对新鲜一些，挑水果的时候会想起在韩国去超市买水果的她也是为了买便宜一些的，可彼此心境之间存在着太大的差别了。但随着身体好起来，秋秋的心情也好了很多。走在路上的时候，她会去看看天空，看看路边冷风里的枯树，在心里会告诉自己爸爸回来后就要过年了，之后这些枯树也会发芽。

那天是星期三，杨枫只有一节课，他没有请假也不担心会被点名，一大早起来穿了衣服就去了超市。到超市才发现超市还没有开门，他和一群大妈等在超市的门口。大妈们叽叽喳喳地说着这几天的特价食品，杨枫从来没有见过这样的生活，这种场景让他又想起那个还很模糊却深刻存在着的宓秋月，还有那个穿着高档皮衣搭配布鞋的秋月妈妈，她是不是也要为了家里买哪件东西一大早就挤在这里等待开门。这样的想法令进入超市的杨枫冷静不起来，看到大桶的洗衣液他立刻拎起来，放进手推车里，看到粉色的毛巾和浴巾也立刻从货架上拽下来，还要买牛奶、饼干、麦片……那么薯片什么的要不要买呢？这些吃起来好像不是很健康，宓秋月需要营养一些的食物吧，鸡蛋和肉这些东西需要吗？买了好像不好拿吧……杨枫沉寂了一周的心情被点燃，好朋友的家里出了事情不能不管不问吧？

杨枫提着三大塑料袋从超市走出来，早晨的时候天就阴沉得厉害，此时居然飘起了雪花，不是雨夹雪，而是雪花。雪花一片片飘下来，落在地上却化成了水，地上、车上、花坛里到处都是湿漉漉的，有的行人已经打起了伞，路上的车因为天气已经拥堵了起来。杨枫的眼前就出现了宓秋月在拥堵的马路上拿着传单一张张发送给过往车辆的情景：她的头发已经湿了，有一些贴在脸上，显得她的脸颊更小了，雪花一片片落下来，遇到车融化在车身上，落在地面被车碾成泥水，落在秋月的脸上，融化成水弄得她的眼睛睁不开……提着三个塑料袋的杨枫立刻决定，要去商场给宓秋月买一件羽绒服。好不容易打车到了

57

商场，一整层的女装让杨枫只有眩晕的感觉，不知道哪件才适合宓秋月，自己从来没有给女孩买过衣服，也没有陪女孩来过商场，直到看到一家门口有一个特别大的熊，上学时候的宓秋月穿的衬衣还是外套，有很多件上面都有这个小熊的标志。

"您好，我想给和我一样大的女孩买一件羽绒服？"

"好的，需要什么样式的？"

"长款的，不，不要太长，她个子比较小。"

"这个白色的是新到的，带着一个帽子，上面的毛领子可以拆卸。"

"有没有再长一些的，这个太短了。"

"这个可以不？"服务员又从另一个货架上拿了一件，是牛角扣的，大红色的颜色，如果秋秋穿起来估计到膝盖了。

"这个还有黑色，你朋友胖瘦？这个是去年的，五折，黑色的只有大号，红色的是最小号。"

"那你拿最小的我看看。"他说着伸手摸了摸。

"这个暖和吗？感觉不是很厚。"

"这个是全白鸭绒的，有人去东北都买这个呢，西安肯定可以，而且送人很划算，不过你要确定小号可以穿，因为不退不换。"

"最小号肯定可以，这个多少钱？"

"去年的款价钱还没有调，特别划算，三千九百多，半价后不到两千。"

"五折也不便宜。"

"刚那个短款都比这个贵，我家今年开始才有折扣，以前会员也就是九折。"另一个服务员已经把小号的衣服拿过来了。杨枫心里想往日秋秋穿的都是白色的羽绒服，眼前的这个红色会不会太红了一些，不过秋秋皮肤好应该穿这个红色的挺好看。

"你确定小号可以吗？不退不换的，不过你要留着小票，同款的也能给你换，就是大小号已经不全了。"

"你开票吧。"

这是杨枫第一次给女孩买衣服。从前的杨枫没给秋秋送过什么贵重的礼物，也并不知道这个小熊牌子的衣服居然会这么贵。交钱的时候他看了一眼，上面写着一千九百九十九，"不就等于两千吗？五折后都要这个价钱。"杨枫心里嘟囔了一下。

他大包小包到了宓秋月租住的屋门口时，宓秋月正在屋里帮着妈妈缠线。本来她可以下楼去让房东帮忙，那个和妈妈年龄相仿的女人，平时都没有什么事情，而且她很喜欢宓秋月，觉得留学生和一般的人不一样的，主要是她特别喜欢说话，也喜欢问问题，韩剧里的场景她都愿意拿出来一个个和宓秋月求证，可是秋秋不愿意提起，她不愿意回忆那段明明很近却遥远的只在梦里的场景，所以她宁愿把毛线缠在椅背上，自己围着它来回动作也不想去找她帮忙。

做着这种机械的运动很容易就发起呆，所以房东在楼下对着宓秋月喊话的时候她完全没有意识到是在和自己说话，等到楼梯吱吱呀呀地发出声音了她也没有完全回过神来，身体还跟着手里的毛线一边缠着一边左右左右地运动着。原本兴奋极了的杨枫从楼梯上伸了一个脑袋，宓秋月穿着一件深褐色的棉衣，绒布的粉色睡裤，衣服像是妈妈的，头发松散地绑在一起，他看到的就是宓秋月一个这样的背影。杨枫从未见过这样的她，他急切的心情一下子就停顿了，宓秋月的身体匀速地左右摆动，时不时脚下也跟着左右地迈着小步子，好像跟着某种节拍一样。杨枫从来没有见过女人摆弄毛线，他能看见椅背上一大圈的毛线运动着，跟随着宓秋月的动作传送到她的手里。

此时此刻的宓秋月好像一个贤惠的妻子，杨枫看得入神，感觉自己想要扔掉手里的东西，快步地奔过去，从后面紧紧地抱住她。

……

毛线突然卡在椅背上了，匀速运动的宓秋月停住了，她试着抬起胳膊，企图把线头拉出来，弄了几次没有成功后，就朝着椅子走过去，她把手里的线圈放在椅子上，两个手去弄椅背上的线。

"宓秋月。"他叫了她的名字，但是身体没有动。

"嗯？"宓秋月好像被吓了一下，身体颤动了一下，退后一步或者两步才往楼梯那转过身。

"哦！"这是宓秋月的本能反应，却被杨枫理解成是她此时非常没有安全感，自己这么突然出现确实是吓到她了，心里一阵难过。

"你什么时候来的，我……"

"我看你一会了。"

"哦，那你快上来吧。"

"阿姨呢？"

"她去干、在外面呢。"

……

"我把线收拾一下，你来坐这里吧。"宓秋月环顾了一下屋里，才发现除了床没有什么可以坐的地方，刚好那个稍微舒服点的椅子却被她的毛线占据着。

"我坐这个就行，你不用收拾，一会儿线弄乱了。"杨枫自己就往一把小木凳子上坐下去。秋秋却并没有停止动作，她把那些线从椅背上弄下来，挂在自己的胳膊上，另一只手拿起连着的毛线球，然后把他们平铺在床上。

"家里很小，你就不要再来了。"秋秋顺便就坐在床边。她说话的时候眼神并没有看着杨枫。

"外面下雪了。"

"那你带伞了吗？"

"我顺便买了一件羽绒服。"

"嗯？"

"我看你喜欢那个小熊的衣服，我看见……"杨枫已经把衣服从袋子里往出扯。

"杨枫？"

"你看看喜欢不？"

"你能不能去退了。"

"你试试嘛，不喜欢吗？"

"我有衣服。"

……

"这个是特价的，不退不换。"杨枫不知道怎么表达，有点着急了。

"我真的谢谢你，可是……"

"可是什么？可是你不喜欢可是你觉得你不能要可是什么？"杨枫说着就激动了起来，但他看了一眼宓秋月，瘦瘦小小的她坐在床边，他就觉得自己不该用这样的口气。

"别可是可是了，老同学给你买的，你看不上也给个面子试试嘛。"他站起来，把衣服递到宓秋月的面前。宓秋月不接，他就放在她的旁边。

"你试试，我转过头去，看看是不是太小了，不退不换呢。"杨枫还没有说完，他的身体已经转了过去。

宓秋月转身看了一眼放在身边的衣服，大红色的羽绒服成了这个屋子里最鲜亮的色彩。面前的杨枫已经转过身去，好高好大，好像头都要顶到屋顶了，顺着这个身体，秋秋还看到了桌子上放了三个撑得满满的塑料袋，应该是食品，她还不知道是不是给自己的。

"杨枫，你转过来吧。"

"好了？这么快？"他转过身，发现衣服还放在旁边，宓秋月还坐在那里没有动。

"你坐下来吧，屋子太小顶也很低，你站着估计也难受。"

"还好，不难受。"

"你是怎么知道我住在这里的？算了，谢谢你来看我，希望你以后不要来了。"

"为什么？"

"我也不知道怎么回答。"

"宓秋月，你是不是觉得你好的时候才可以拥有同学，才可以拥有朋友，假如你过得不好了，这些你就都不能有？"

"我……"宓秋月一下子被问住了。

"我已经买了，不管是衣服还是什么，我就是买了，给你买的你就必须收下。你怎么一下子这么奇怪，以前咱们在一起的时候不是都好好的，现在为什么要这么别扭。"

杨枫没有料想自己就这么说出了，当然，秋秋更没有想到。她原本就有点僵硬的身体更加不能移动，好像所有的一切都被杨枫的话给凝固了。

"对呀，原本都是好好的，现在为什么要变得这么别扭？自己的生活一直都好好的，什么时候开始突然一切都不在自己的轨迹了。看看周围的一切，看看自己的模样，看着眼前的杨枫，想起那天正在发送传单的时候遇到张倩的场景……"秋秋的心里自己这么想着，她还想起了自己上高中时候的场面，想起那个下午的夕阳里也是这个高高大大的身影，那个时候的自己却可以自如地应对。同样的两个人，是因为环境还是因为时间把一切都改变了。

说完这些话后的杨枫就这么从高向下地看着秋秋，旁边的红衣服更醒目一些，他的视线也不知该放在哪里比较合适。屋子里是安静的，杨枫看到秋秋的眼角有眼泪滑过。他想过去摸摸这张有泪痕的脸，想去擦拭她的眼角，身体却沉沉地被地板吸住了。

首尔来信第 88 封

　　哥哥自己都不敢相信，既然秋秋鼓起勇气，准备要过一份不一样的生活。每一次觉得很辛苦很害怕的时候都会想，秋秋一个和我一样大的女孩，都可以自己到国外学习，结交新的朋友，我为什么想要去中国还会觉得那么害怕呢？

　　今天找到了一个中国的留学生，咨询了一下学习中文的事情，得到的答案很让我担心。以前总听说中文是非常难的语言，那个留学生告诉我是非常非常非常难，他连着用了好几个"非常"来表示，并且说和韩语比较起来，可能一起开始学习，一个学习韩语的人，他的交流书写都没有什么问题了，而那个学习汉语的人可能只是刚刚入门。

　　不过哥哥觉得虽然很难学习，这样才值得去挑战。我也咨询了去中国学习的学长，北京有好几所学校都可以接受韩国留学生，而且都是很好的学校。父母现在看我这么努力，也有些支持我了。不知道秋秋知道北京的"望京"吗？那里就住着很多的韩国留学生，这些年去中国学习并且留下工作的韩国人非常多，因为韩国的国土还是很小，就业的机会就那么多。现在这么一想，虽然是因为秋秋萌生了想去中国的念头，可是更多的也是为了给哥哥原本一成不变的普通人生增加些传奇的色彩。

　　我已经开始学习中文的音调了，一共四个，四声真的好奇怪，不过慢慢开始嘛。哥哥也不是天才，但是哥哥很努力。这些动力都是从秋秋身上来的。

　　不知不觉写了这么多封信了，也说明秋秋已经消失在哥哥的生命里这么多天了，究竟是为什么呢？希望奇迹可以发生，秋秋要给哥哥回信好吗？

6

杨枫走了后，屋里一下就多了很多空间。原来一个人可以有如此强烈的存在感。秋秋用力地呼吸了一口空气，往日面对杨枫她都是轻松也是自如的，原来一个人在自信和自卑面前呈现出的完全是两个模样。

独自的空间令宓秋月舒服了很多。她去看床上的新衣服，吸引她的不是衣服的样式，而是那个曾经自己很熟悉的刺绣小熊。秋秋用手指头抚摸小熊，凹凸的刺绣在皮肤上，这样的体会从前没有，现在却像是针扎一般，从指尖被放大百倍地作用到心上。她把身上的棕色棉衣脱下来，这件衣服还是妈妈的，里面并不是羽绒，就是普通的棉花，也许就是超市打折时候买的或者就是在路边的某个摊位上买来的。她把红色的羽绒服穿在身上，这个屋子里只有一个可以照出身体一半的镜子，红色并不是秋秋喜欢的颜色，就好像镜子里的那个人也不是自己。

在韩国烫的小卷还在，只是没有打理就显得很凌乱，于是她就干脆全部扎起来。对着镜子，秋秋小心翼翼地把头绳取下来，头发就全部垂了下来……不知是头发太蓬松、凌乱的缘故还是屋子不够明亮，镜子里的那张脸显得又瘦又小没有光泽，憔悴且苍老。秋秋的两只手不自觉地捂住自己的脸蛋，很长时间，直到她的手和脸都被湿漉漉的眼泪黏合在一起。上一次这么认真地照镜子是什么时候？不知不觉几个月就这么过去了，是在韩国的最后那一天吗？是她刚刚烫了这个头发，准备和哥哥道别吗？那么李俊哲现在在干什么？是不是还等在宿舍楼下，等着另一个可爱的姑娘下楼来？

哥哥从来没有见过穿着红衣服的自己，那件为了去夜店买的红裙子是不是已经被室友收拾起来，或者已经扔了？看着镜子里的自己，在韩国的那天，她站在明亮的大镜子前面，周围的人都在夸她穿红色的衬着肤色好看。她的手摸了摸自己的脸蛋，越摸越潮湿的脸蛋。

虽然很想放声大哭起来，可是她不能这样，情绪不控制住只能让一切变得更坏。

"可是还能比这更坏吗？宓秋月？一切还能比这更坏吗？"她自己对着镜子里的那个人问道。

用毛巾把情绪全部带走，又呈现出干净的一张脸，眼泪的痕迹都没了。衣服在这样的屋子里被藏也藏不住，还有那些东西，那就藏起自己凌乱的情绪才好。她把毛线重新缠在椅背上，继续把刚才没有做完的事情做完。

"秋月，阿姨买了几个水果。"

"哦，谢谢阿姨，我在缠毛线呢，一会儿。"从小就没有人叫她秋月，一般人都是取了名字最后的一个字来叠音当小名，但是却从没有人叫她"月月""秋月"。

"阿姨给你送上来，缠毛线两个人比较快。"顺着楼梯的声音，宓秋月并没有停下手里的活，继续自己缠着线，她知道拒绝是没有用处的。

"阿姨，很快就弄完了。"等她完全到了屋子里，宓秋月这么说道，转过头去对着房东笑了笑。她已经两步就迈到桌子前面，把水果放在桌子上，顺势就去把毛线从椅背上取下来，套在自己胳膊上的同时坐在了椅子上面。

"谢谢阿姨了。"

"客气啥，我闲着也没事做。"宓秋月的手就绕得更快了，期待着快点弄完，心里也期待着妈妈早点回来。

"秋月呀，老来的那个男孩是你男朋友不？"

"我没有男朋友。"

"还不好意思了？这么大包小包的不是男朋友也是对你有意思。"

"就是同学。"

"阿姨是过来人，我觉得男孩长得挺不错的，看起来家庭条件也不错吧，女孩吧，嫁人最重要，你有文化长得好看，到头来找一个好人家才是真本事。"

秋秋低着头缠毛线，也不接话，偶尔地抬起头和房东目光交会，给她一个微笑。

"阿姨和你妈同龄，经历得多，最了解你们的处境，你现在嫁个好人家，是对你妈最大的安慰。我们这里回头就拆迁了，你们现在住地方是为了多分面积加盖的，回头拆了你们找地方住也不容易。阿姨有啥说啥，我们这里有几家的男娃都挺好的，没你有文化，但是长得排场呢，加上这里一拆，分好几套房就够你这辈子吃了，要是你很快就有娃了，娃也有资格给分房呢。"

"谢谢阿姨。"秋秋一脸的尴尬，不知道怎么回复。

那天夜里，秋秋躺在妈妈的身边突然想起下午房东说的话，想起妈妈每天起早贪黑的劳作，想起家里的状态……如果妈妈回来的时候看到那些超市买回来的几包东西，当然还有那件新的红羽绒服，她想好了如果妈妈问起来就说找好了家教工作，提前交了学费去买的，可是妈妈根本没有问。过了一会儿，就看见妈妈拿了几样吃的下楼找房东去了，回来之后以为妈妈会询问自己，但是也没有……那个夜里的秋秋突然觉得自己和妈妈之间变得有些陌生，她感觉自己突然不知道妈妈的心里都在想些什么。

……

　　宓秋月见到爸爸的时候是快要过年的头几天里。对于过年的概念变得模糊，爸爸回来的日子倒成了一个期盼，一个大节日。希望就是一种渺茫的幻觉，越是美好越是遥远，来临的那个日子就像是美人鱼在早晨变成了海面上七彩的泡沫，终究一下就消失了。

　　妈妈并没有告诉爸爸是哪天回来的。大概是害怕爸爸的模样让秋秋一下子接受不了。秋秋还在屋子里呆坐着，房东急切地喊着"秋月，秋月"，然后跑了上来，继续说："秋月，快，穿好衣服下楼，你妈妈……"

　　"我妈妈怎么了？"

　　"没、没没没，你穿衣服，你妈妈在楼下等你，带你见人。"

　　"见谁？"秋秋想起那天房东说的话，心里的戒心突然起来了。

　　"还能见谁，你下去看看就知道了。"

　　"我……"

　　"你这孩子，还不穿衣服。"房东说着，声音突然小了，凑到秋秋的耳边压低了她的声音，"你爸爸回来了。"

　　"谁？"

　　"你还有几个爸爸，快穿衣服去。"秋秋听完有点蒙，但还是很激动，着急就要下楼，却被阿姨一把拉住，让她穿外套，说外面冷，就把那件红色羽绒服递给了秋秋。

　　爸爸真的就站在妈妈的身边，下楼就看到了。爸爸的头发都没有了，样子看起来改变了很多似的。

　　"秋秋，咱们和爸爸一起出去吃饭。"

　　"妈，你为什么不告诉我爸爸今天回来。"秋秋心里又高兴又委屈，说话的同时眼泪就下来了。

　　"不哭了，走出去吃个饭，爸爸还饿着呢。"虽然这样的爸爸有点陌生，但是声音还是爸爸的，秋秋一下子就扑过去，抱住爸爸后眼泪就完全不受控制了。她在心里说着："爸爸我好想你，妈妈和我都好想

你，爸爸你终于回来了……"现实中只有紧紧地抱着爸爸，却一句话
也说不出来。

"你们娘儿俩这是哭啥，人都回来了，擦干净再走，不然吹风脸
皲了。"

……

一家人顺着冷冷的风走，秋秋挽着爸爸的胳膊，妈妈时不时地走
在秋秋这边，也会走到爸爸那边，三个人都不说话，气氛有点怪怪的。
她就这么拽着爸爸的胳膊，也不知道自己要去哪，还要走多久。他们
走进了一家小餐厅，餐厅里放着方形和圆形两种桌子，但是都不大，
妈妈走到一张靠着墙的方形桌子边，秋秋犹豫了一下坐在了妈妈的旁
边。距离吃饭的时间晚了一些，只有一桌人还在喝酒，中年妇女模样
的人递来了一个菜单。

妈妈把菜单递给宓秋月，她接过来，菜单很沉，褐色的塑料外皮，
里面是手写的塞在透明薄膜的菜单。秋秋翻看了几页，仿佛更加深刻
地意识到，即使爸爸已经回来了，日子也不会变回从前的模样。

"爸，你想吃啥？"觉得有点晕，秋秋抬起头来问。

"你看你喜欢啥，爸最后来碗面就行。"

"妈，你想吃什么呢？"

"给妈妈吧，我来点。"

……

饭馆里并不是很暖和，但是秋秋养成的习惯是到了屋子里，就会
把外套脱下来，此时也是一样，她把外套脱了下来，翻过来往椅背上
挂的时候，才发现标签还没有卸下来。

"第一次穿呀，标签都没摘下来，还是小迷糊，我们秋秋穿红色
好看。"对面的爸爸看见了。

秋秋应该说："你才小迷糊呢，还不是着急见你才这样的。"嘴里
却只说出了三个字："忘记了。"宓秋月一直以来的期盼慢慢都化为泡

影，想起一家团聚后的幸福和喜悦，似乎并没有实现。围坐在一起吃饭，就不计较饭菜是否可口，也只是人们自己的想象，比如此时此刻，桌子上的菜几乎就是油和酱油，每一盘都很大量很足，只是吃起来除了咸就什么味也没有了。

回家的路就显得更加漫长了，爸爸帮秋秋把羽绒服上的帽子戴上，包裹着头和脸蛋也没有令她找回安全感。秋秋也并没有拽着爸爸的胳膊，一切都变得陌生又熟悉。到了家门口要敲门，每天回家都要穿过别人家的感觉真的好奇怪。

"来了，来了。"房东应声着，她的声音很尖很细，好像妈妈那个年代人唱歌的声音。每次声音传来的时候，房门就立刻打开了，这一次也不例外，只是门并没有开得很大，开了一点后阿姨就钻了出来。

"秋月呀，你那个同学来了，说要走呢，我就说你们快回来了，他就一直等着呢。"

"哦。"

"什么同学？"秋秋的爸爸问了一句，还没等人回答就已经走进了屋子里，看见了杨枫站在椅子前面，个子显得特别高。

"叔叔、阿姨好！"

"秋秋，你要不要和你同学出去转转，看看有什么事情。"

"不用了，我、打扰了。"

"走吧，家教的事情我考虑好了，出去说吧。"秋秋害怕杨枫当着别人说出什么了，赶紧说了一个谎话。

"边走边说吧。"

"你说什么家教？"

出门后，杨枫问道。

秋秋不回答，加快了脚步。杨枫看到秋秋穿着自己买的羽绒服，冷风都不冷了，心里说不出来的高兴。

"你穿红色很好看。"杨枫这句话一说，看见秋秋快走的身体停了

一下。杨枫不知道，此时此刻的秋秋后悔极了，为什么自己正好穿着这件衣服。她不是不明白杨枫的好意，可是刚刚的失望和自尊心让她想要呐喊，胸口像是有火车"隆隆"地开过。这样的感觉从前是没有过的，仿佛身体里有一种东西要把自己撕裂了。

"杨枫！你一直来干吗？你要干吗？你是要看我现在有多不堪吗？你是为了什么呀？"宓秋月的身体就突然转了过来，再也忍受不了了。杨枫的情绪完全转不过来，他不会知道宓秋月的心里是如何难受，没有经历过的人靠着有限的想象力是体会不了的。

"我、我就是、我没做什么呀？"

"不是说了让你不要来了吗？"

"那你希望谁来？"两个人隔着一段距离，杨枫听到宓秋月一次次拒绝他的一番好意，心里又急又躁。宓秋月没有发现杨枫的这份急躁，这个问题把她的思绪牵引到另一个人的身上。心里明明知道那个人是谁，却只能藏在心里。当你连一般朋友都没法面对的时候，又怎么能面对自己深爱的那个人。她想着，胸口的那辆火车也就渐行渐远了。

"杨枫，我们都有自己的生活。"

"可是，我有打扰你的生活吗？"

"我不需要你的同情。"

"我什么时候是同情你了？我看我同情自己吧。"

"我不想吵架，我今天心情不好，对不起，你回家吧。"

"宓秋月，我没有想对你怎么样？或者对我怎么样？我只希望你不要因为家里的事情太过影响了自己。我知道这样说起来很简单，做起来很难，所以你才需要朋友，而不是自己一个人。"杨枫的双手抓着秋秋的胳膊，看着瘦小的她，他一点力气都不敢用，他感觉自己稍用力就能把秋秋举起来。

"你、你放开我。"

"你好瘦，好憔悴。"杨枫这时候松开了他的手。他把身后的背包拿到前面来，从里面取出一个盒子。

"你拿着，是个手机，我已经拆开了，你用不用都要用，以后你的状况肯定会好起来，身上的衣服还有这个手机，你可以全还给我。电话里的通讯录我把同学的都给你加进去了，你的好朋友如果介意你家里出事了，那么正好不要和他们来往了。"他把盒子塞在她的手里，她的手很小，他感觉塞过去她根本握不住，于是他又去拉住她的另一只手，这样秋秋就用两只手握住了盒子。

"你的手好凉，快进去吧。回头见。"说完这句话，杨枫就跑开了。

宓秋月拿着盒子往家走，一步两步三步，却并不是回家的路。她敲门进去后，房东直接拉住她去了旁边的一个屋子里，然后示意她先不要说话，秋秋照着她说的做了，她觉得无非又是大妈的八卦问话，总是要应付一下。

"女子，阿姨给你说个话。"

"嗯。"

"哎呀，你也没结婚也不知道咋说，不过留过学的，都是开放的思想，咋说呀，你今晚和阿姨睡吧？"

"什么？"

"反正我老公也没在，刚给你爸妈送了被子，说你爸睡地上，你看你们那个屋子那么小，你今晚先和阿姨睡一晚吧。"

"不不不，不麻烦。"

"哎呀，你这娃娃怎么不懂事呀。"

"谢谢阿姨，可是真的不用麻烦。"

"不是，你……"

"阿姨，我先上去了。"秋秋不想和她睡觉，虽然知道她的好意，可是心里抵制得厉害，和一个几乎陌生的女人睡在一起，睡在别人的床上，睡在不知道是干净还是脏的被子里……

不容房东说完，她就跑上楼去。狭小的空间里铺了被子后几乎没有可以站的地方了，爸爸已经坐在地上，妈妈手里还在摆弄着毛线。秋秋的鼻子突然觉得很酸，这种酸很快就涌上眼眶了，她屏住气，要说出的话没敢张开口。

"同学来和你说家教的事情了？"

"嗯。"秋秋憋下那一口气，也憋下那要流出的泪水。

"那就好。洗洗休息吧。"

"爸，你睡床上吧。"

"不用，你和你妈睡就行。这铺得很舒服。"

"我……"

"快去洗吧，将就一下。"

"妈，你让爸上床睡吧。"

"你爸喜欢自己睡地上，你就别犟了。"

"不是不是，我下楼和房东阿姨睡。"

"不好不好。咱们能挤得下。"

"人家的好意，我都说好了。"秋秋说着就拿着洗面奶下楼去了。情绪会在一瞬间就全部变了，原本如何也不会妥协的事情，会让你根本没有办法去选择。

宓秋月很想冲出这间屋子，很想到外面去。可是外面那么大，她又能去哪里才好呢。想开一间房子出去睡觉，却连开酒店的钱都没有。这是她第一次一夜几乎没有合上眼睛，她听过有的人会为了心事一夜一夜地睡不着，这样的情景她没有想到过，有什么大不了的事情，能够让人在夜里都睡不着呢？如今却在自己身上发生了。

漫漫的夜里只要有一个小时辗转反侧已经是极度煎熬的事情了，何况要整个夜晚。躺在一个外人的身边，对她来说简直就是活受罪。床单是别人每天用过的，还有枕头上的枕套也不知道有没有换……她先是听着房东说了一会儿话，她的心里根本没有空间装下她说的任何

一句话，应付几句"嗯"之后，她就再也不回应了。过一会儿，旁边就传来了呼噜的声音，不是很大，却是唯一的声音。

秋月希望自己闭上眼睛就能睡着了，这样的夜就能更快一些地过去，可是偏偏她的思绪里乱七八糟的事情都一起浮现出来，她不知道父母有没有睡好，而这样的黑夜就只能随着天亮才慢慢过去了。

首尔来信第 121 封

一年都要过去了，哥哥真的是又生气又想你。

很多时候真想把写给你的邮件全都撤回，可是邮箱没有这样的功能。为什么要写这么多信给你？难道秋秋一点都不想我吗？特别冷的冬天过去了，这真的是哥哥遇到过最冷的一个冬天了。

有的时候做梦会梦到秋秋，会梦到你亲我的那个瞬间，有这样的梦总是不想起床。哈哈哈，哥哥并没有胡乱想啦，秋秋看到不要生气。不想起床是哥哥真的太累了，这个冬天对于哥哥来说从未有过的。可能总是抱怨这件事情，会让秋秋觉得哥哥很娇气，但是天气太冷了，尤其下了雪，骑着摩托车拿着很多食物，会觉得除了这些食物之外，整个世界都是冷的。越想秋秋就显得更加冷了。

有时候自己很饿，但是因为赶着送餐，别人拿到了饭，而我只能饿着肚子再去另一家接着送饭。人如果吃不饱的话，心情就会很差，所以秋秋那么瘦小，更不能饿着肚子，不管遇到什么事情一定要吃得饱饱的，那么就一定会有力气去面对更多的困难。

秋秋现在在哪里上学呢？学的内容还是以前在韩国一样的专业吗？是不是认识了新的哥哥？如果秋秋还没有忘记我，可以给我回信吗？还是因为我说了要去中国读书给你了很大的压力？我去上学也是为了自己的未来，去中国的话会有更多的机会，学习一门这么难的语言也是对自己的一种挑战。所以秋秋不要因此有压力，如果你遇到了更好的人也请告诉哥哥好吗？我只是很希望看到一个你的回复，简单的几个字也好，不要像灰姑娘一样就这么消失掉好吗？

哥哥期待你的消息。

7

要是没有欺骗父母她找到了家政的工作该多好，那么她也不用自己一个人留在这个因为变故就变得陌生了的城市。爸爸回来后，那样的屋子不再适合他们一家人生活在一起，本来就不适合居住，而且妈妈也不能再靠什么家政和织毛线的工作来勉强度日，这次变故后，爸爸苍老了很多，他现在要找工作也并不容易，身上有着案底，体力活人家也不会需要一个年龄这么大的人。爸爸从前的一个朋友让爸爸去他的工厂里，妈妈可以暂时帮工厂里的人做饭、看门，但是工厂并不在城市。秋秋当然明白父母不愿意她一起去偏僻的小地方，加上她自己也一直说找到了家政的工作，宓秋月就这么留在西安了。

有些事情经历过却不敢回忆，但回忆根植在那里，无法轻易被抹掉。此时此刻，初来的春天时暖时冷，西安的春天就是这样，冬装脱了就忽然是夏装了，找不到春天的模样，宓秋月人生的春天也太短。随着心里慢慢滋生了对于哥哥的依恋，留学的生活也算是适应了，却只能回国面对自己从未想过的生活。房东阿姨给她弄了一张钢丝床，每每房东阿姨老公出差的时候，秋秋就去她的床上挤一挤，其余的时候，到了晚上就把钢丝床打开。全家人就这么拥挤在小阁楼里，就是这一年，一家三口在这里过了年。

过完年后家里的生活越来越难维持下去，必须要找到基本的生活来源。爸妈离开的几天里，秋秋白天早早就出门，在街上徘徊着。熟悉的街道变得陌生，就连回忆也变得遥远，她走进一间咖啡馆，坐在那里，用一天的饭钱买了一杯黑咖啡，杯子里的冰一点点地融化殆尽。旁边一开始坐着一个拿着电脑的女孩，坐了一会儿合上电脑走了，过一会儿来了一对年轻的情侣，穿着一样的运动鞋，面对面地坐下来，女孩喂了男孩一口奶油，问他好吃吗，男孩说不好吃但是还想吃一口，两个人就笑，笑着笑着手就握在一起。秋秋一动不动地坐着，目光里只有这两人却好像再也看不到这两个人。

男孩女孩还是吻在了一起，秋秋下意识地拿起眼前的咖啡，抿了一口。

"哥哥，是你最喜欢的美式咖啡味道。"秋秋小声地自己说着，放下咖啡杯的手轻触在自己的唇上，眼泪就一颗又一颗地顺着脸蛋滑下来，多么希望那个人此刻能坐在自己的面前，多么希望一切都是假的。秋秋把身体轻轻地靠近面前的桌子，两个胳膊也搭在上面，手掌朝里地撑着脑袋，遮住了自己流泪的眼睛，也遮住了面前那个想看又看不到的人，此时的目光里就是眼泪打在桌子上洇开大的水点接着缩小。

宓秋月觉得人生可以就这么结束了。

这个决定出现后目光里打在桌子上的眼泪就变得稀疏了，她的脑子里就开始盘算着结束这一切的方式。她看过电影里喝毒药的人，看起来很痛苦还会吐血，于是很快就否定了这个方式。从高楼摔下来她也不愿意，她听说过跳楼的人很多并不是摔死的，而是吓破了胆死掉的，而且她害怕把自己的身体摔得稀巴烂。宓秋月最后决定用割腕的方式，心里的疼痛如果可以顺着伤口的血，一点点地流淌干净，那么死掉的那一刻起码会是平静的。

等到她想好了一切，两只手从额头上移下来，她发现旁边已经换了另一对情侣，她是从他们脚下的鞋子分辨出来的，女孩穿着高跟鞋，并且两个人坐在一边，并不是刚才那样面对面地坐着。自己曾经知道

哥哥买了一双运动鞋后，假装巧合也买了一双一模一样的。天下相爱的人心情都是相似的吧。

天气预报是阴转雨，她找到地铁出口的拐弯处，那里被地铁站的墙壁和一个小区的墙壁包裹成一个 U 形的模样，U 形的后端堆着没有人处理的垃圾，所以几乎没有人进来。秋月人生最后的一站路，她花两块五毛钱买了一把小刀，就等着大雨下来的时候，把她的人生渐渐冲刷干净。

她躲在拐角处，心里一直在想为什么一切会突然变得这么难。她看着阴沉的天空希望大雨赶快下来，这样等她自杀的时候雨水就能把肮脏的血迹冲刷干净。她不想死后还被人指指点点。窓秋月没有可以去死的场所，没有家，她也没有钱去开一间房子。她的眼泪一滴滴地流了下来，她不知道还有什么最后想说的话，或者这些话该说给谁听，她唯一祈求的就是雨快点下来。

突然她听到一声很奇怪的叫声，她吓了一跳，她朝四周张望，三面都是高墙，什么也没有。她朝着更高处望去，也许是哪家的孩子在吹喇叭，可是她什么也没有找到，她的思绪又回到自杀上来，刀就放在身边的塑料袋子里，她静静地等着雨下来……突然间又是那个喇叭一样的叫声，这次是两声，她感觉墙壁那边藏着一只怪物，她突然害怕极了，好想离开这里。但找到这样一个可以自杀的隐蔽地方并不容易，她不舍得就这么放弃，内心的恐惧却还在升腾，接着又叫了一声，她爬上半截高墙去看，原来在那边有一只孔雀。居然是一只孔雀！孔雀看见了她，时不时地又叫了几声，然后走到高墙的另一边，忽然间打开了尾巴，孔雀开屏后一直抖动自己的羽毛，在阳光的反射下很好看。秋秋发现，乌云突然开了一个口子，阳光照耀了下来。秋秋意识到自己还是害怕的，连一个声音都是让自己害怕的，死难道就不害怕了吗？那么还是要活下去，挣扎着也要活下去。

"朝霞不出门，晚霞行千里。"秋月想起从前妈妈告诉她的话，没有等来预报的大雨，等来了孔雀开屏等来了晚霞染红了天。

"也许人生真的还很长很长。"她自己安慰着自己，准备拿出手机给妈妈打一个电话，然后看到手机上全是杨枫的未接电话，电话接着就来了。

"喂，怎么了？"

"你怎么不接电话？"

"我……"

"你在哪？"

"我在……"

"我现在去找你，你在哪？"

宓秋月犹豫了一下，但是很快地，她就告诉了杨枫她所在的地方。杨枫不知道，从他来找宓秋月的路正好就是她生与死之间抉择的路，也是他们开始的路。当然，那正是改变他们两个人生的一段路。

杨枫气喘吁吁跑过来的时候，宓秋月的脸上还写满着悲伤，她坐在一个脏兮兮的小台阶上，看着杨枫站在自己的面前，她根本不想站起来，仰着头看着他。

"你、你怎么自己待在这里？"

"我也不知道。"尽管她给他挤出一个微笑，但没有人会觉得她此刻是开心的。

"别哭了。"杨枫说这三个字的时候很轻，一边说着一边蹲了下来，两个人的视线保持在一个平行线上。

他接着说："我知道你发生了什么，我也知道你在经历什么……"

"给你。"宓秋月把那把小刀递给杨枫。

"刚刚我想结束生命，现在你来了，你救了我。"杨枫听后一把抓过刀子，转身就扔到身边的垃圾堆里。

"你不用紧张，我不会再胡思乱想了，我肯定会让自己好起来的。"宓秋月说完这一句，伸出手擦拭了一下脸上还没有完全干的泪痕。

"谢谢你，在我这样的处境下，还、还一直对我好。"她刚说完这句，平静下来的情绪又无法控制，眼泪一颗颗地往下掉。

此刻宓秋月的情绪带着感激带着无奈带着自己也形容不出的对人生奇怪的体会。心里明明对杨枫感激起来，但又有一种说不出来的怨恨，究竟是怨恨自己的没用，还是怨恨父母，或者是怨恨命运给自己眼前的一切。她的心开始接受了房东告诉她的那些话，那些明明不接受却是此刻受用极了的大实话。

当宓秋月开始明白，生活到此，可以去依靠的竟然是眼前这个叫作杨枫的男人。杨枫伸出胳膊抱住了捂着嘴巴哭泣着的秋秋，杨枫的心是疼的，为了怀抱里的这个人；怀抱里的人心也是疼的，而她却是为了自己的命。

当天的夜晚秋秋感到筋疲力尽，很快就睡着了。杨枫却没有，他先是找了好几个朋友借了钱，又用电话四处找人。对他来说，要抓紧这样的机会，先给宓秋月找一个差不多的房子让她住下来，除了这样的念头之外，他感觉自己的怀抱里全是宓秋月的身体，自己的胸膛都跟着跳动燃烧起来，似乎这个遥不可及的人一个急转弯，就这么拐进了自己的生命里。在宓秋月熟睡了的夜里，杨枫不能抑制地发泄了自己的情欲，虽然他无数次地克制了自己，而比中奖还要激动的情绪，让他自己都忘记了自己。

英雄主义应该是存在每一个男人意识里的。对于杨枫，一个责任就这么出现在自己的生命里，这个女人的幸福，变成了自己的职责。

有一个念头，完成和实现它，遇到的困难就变得不是那么重要了，一心一意地达到目标，就成为比较重要的事情了。杨枫的生活一下子忙碌且充实起来，找中介，看房子，急切地想要让宓秋月安顿下来。心里美滋滋的，那个劲头一阵阵地泛起，跑得浑身汗淋淋的，平时上课突然换了教室走得远一些，出了汗都不情愿，此刻为了能找到一个更好的屋子，绝不吝惜多跑几家。

等到宓秋月要搬走的时候，房东和她都有点舍不得，其实最后的几个月，房东没有收过房费，还经常留了好吃的给她。和房东阿姨这样的人在原来宓秋月的人生里是不会有交集的，从最初的无法接受到睡在一个床上，直到分别时候内心的感激。宓秋月告诉她自己反正还在西安，会经常回来看看阿姨的。人在脆弱的时候，有些话语是可以温暖心情的。宓秋月记住了那一句话："把这里当成一个自己的家，有委屈、有难处的时候可以回来看看。"

而宓秋月并不是一个这样的姑娘，她从来不擅长把自己不愉快的一面展现出来，更不要说自己的委屈和难处了。她自己打包了一些东西，借口东西并不多，就没有让杨枫来接她。她也没有坐出租车，自己换了一次公交车到了杨枫说的地址。

明明是得到施舍应该感激的人却满是伤心。

明明是付出应该索求的人却满是激动。

宓秋月背着一个大包和一个斜挎包，手里提着两个塑料袋，两个人隔着距离，相互看到了。那时候的她没有往前走，高高帅帅的杨枫在她的眼前变得模糊起来，他的身形、他的脸慢慢地融化在阳光里。

宓秋月发现自己再也看不到李俊哲的影子了，任何人的影子都不能让她的目光聚焦，只有强光下模糊的街道、车辆、楼房和各自行走的人。

"累了吧，给我吧。"

"还好，等久了吧。"

"屋子不是特别好，你先住着。"

"我都不知道怎么感谢了。"

"老同学了，你和我还客气。"杨枫拎过她手里的两个塑料袋，他一只手就把两个袋子拎起来了，示意秋秋把双肩包也给他。她犹豫了一下，已经被杨枫从肩膀上卸了下来。这么并排地走了一段路，两个人都没有多说话，似乎两个人都放空了大脑。

房子是老式的房子，不是很新的楼，没有电梯，但是楼层也不是很高，走到三层的时候杨枫就停下了脚步，变魔术般地拿出一把钥匙。

　　"给，你家你自己开门。"秋秋本能地接过钥匙，插进钥匙孔，打开了门。屋里正对着是一个门，仔细看应该是洗手间，左手边是大大的落地镜子，右手边是一个鞋柜。门口铺着一块小的方毯子，地板是木质的。屋子看起来一目了然，鞋柜旁边是电视机，和电视机还有一段距离的地方放着一个冰箱，旁边就有一个门是关着的，电视机的对面就是床，床的一边是贴着墙的，一边放着小的床头柜，上面有一个粉色 Kitty 猫的小台灯。旁边还有一个小沙发，沙发对面贴墙放着的柜子上面也是 Kitty 猫图案的衣柜，就是那种简易的小衣柜，超市就可以买到的。衣柜旁边有个方形的木桌子，桌子上面摆着金属光的水果篮，里面有苹果和香蕉，也许还有别的，但是她没有仔细看。

　　"床单被子都是新买的，很干净你放心，以后还有什么需要随时再说。"

　　"真的很好了。"

　　"你饿吗？坐会儿去吃饭？"

　　"我不饿，要不陪你吃点儿。"

　　"那你整理整理，哦，你先住几天，我感觉这个屋子里的暖气片不是很热，我准备给你买一个电暖气，洗澡热水器是插电的，一般要提前半小时左右，但是你洗的时候一定要拔掉电源。"

　　"谢谢你，不冷的，不用买。"

　　"你千万别客气。"他说这句话的时候，就看见秋秋正在脱掉外套，她顺手把外套放在沙发上，头发就松垮下来，她干脆就全部松开了头发。在杨枫眼前的她穿了淡灰色的毛衣，牛仔裤的颜色是深色的，因为过于纤瘦，这样她的女性特征并不是十分明显。杨枫看得入了神，她的脸和脖子还有手都那么白皙，衣服里包裹的身体和自己梦里的她一样吗……他没有感到自己的喉结随着心脏的加速滑动了好几次，咽

下了口水却咽不下膨胀的欲望。

"我哪里有客气，我都……"秋秋的嘴被一只大手覆盖了，身体也被一只手揽在怀里。她有点惊吓但是没有再动，就这么静止着，渐渐地听到心跳的声音，也分不清楚是自己的还是对方的。她不知道会怎么发展下去，又似乎感觉得到，于是她干脆就这么一动不动，等待该发生或者不该发生的。

她感到捂在嘴上的手渐渐地往下滑，抚摸到了她脖子上的毛衣领子，手的温度透过毛衣还是很明显，秋秋感到浑身都被这只手弄得滚烫起来。她的注意力都在这只手上，完全忘记了自己越来越急促的呼吸。从秋秋嘴里和鼻腔里发出的气息却被杨枫注意着，他的呼吸也越来越重，不是吐出气息，而是拼命吸进这屋子里的气息，这弥漫着宓秋月气息的屋子。伴随着还有原本轻抚的手越来越用力，毛衣渐渐地被攒在了手里，抱着身体的另一个胳膊也用力起来，两个人在本来就小的空间里靠得更近。

是带着无可奈何还是恐惧，宓秋月已经失去了思考，她本能地想挣脱捆绑着她的身体，挣扎的动作反而让杨枫更加无法理智，只是拼命地抱住她，杨枫并没有把她转过身来面对着自己，也许是因为他害怕看着她的脸，也许只是因为自己太着急，他的头朝着身子里的她靠近，伴随着胳膊的力气，吻也是粗鲁的，宓秋月感觉耳朵滚烫起来，在口水里更加膨胀起来。刚刚不是说还要买个电暖气嘛，这么热的屋子还需要电暖气吗？此时此刻的两个人脑子里当然没有思考这样的问题，宓秋月又想挣脱又觉得应该妥协……

不得不承认，宓秋月的身体从某种恐惧中被亲吻和拥抱有了不同往日的感觉，轻飘飘，软绵绵？好像也不是，即没有力气又想用力，对！就是这种感觉，浑身炽热又松软，她就这么进入一种迷糊的状态里，忽然，她的眼前出现了那一整片耀眼的明亮，是汉江上的波光和前行的车辆。那个身影就出现在她的眼前，她仿佛挣脱了此刻的拥抱，

就如同身体离开椅子站了起来，越过面前的桌子和桌子上的奶油杯轻吻了哥哥。她的身体就在这样的幻境里彻底地软了下来，顺着吻开始往下，她的精神一点点被地板吸走了，溜了下去。她轻得没有分量的身体从结实的手臂里往下滑，鲜明的对比杨枫当然感觉得到，他看不到宓秋月的幻境，他只在自己的幻境里。杨枫一把抱起了宓秋月，屋子就那么小，他一把就扔在了床上。

宓秋月的毛衣被掀了起来，胸衣包裹在毛衣里，领口很紧，它们一起卡在脖子那里，裤子和内裤被杨枫一把就拽了下去。杨枫终于见到了梦里的身体，更娇小一些，一根根肋骨上的胸也没有什么脂肪，昏黄的灯光下皮肤却白得发亮。宓秋月闭着眼睛，杨枫被眼前的身体弄得不知道该如何，刚还很躁动的屋子突然很安静，宓秋月的眼睛缓缓睁开了，两个人都看见彼此了，那一刻，他们似乎都从自己的幻境里来到现实中。

"啊……"宓秋月叫了一声，她的两只手本能地把衣服往下拽。杨枫先是被她的叫声吓了一跳，接着看到她的动作，他突然害怕这样的机会就溜走了，他直接趴了上去，一只手拉开了宓秋月的一只胳膊，一只手就把刚拉下来的衣服向上提拉，毛衣的领口太紧，毛衣卡在脖子上包裹住了宓秋月的大半个脸。宓秋月就只剩大口的呼吸扭动的身体。女人没有脂肪的胸部居然也会在身体的挣扎里晃动起来。

她的腿起初还在用力，杨枫压在她的身体上，右胳膊顺势就抓住了她的右腿，没怎么用力就抓开了她的腿，也许宓秋月已经妥协了，只是杨枫的第一次攻击，那种从未有过的刺疼就令宓秋月剧烈地挣扎起来，她的尖叫在毛衣里变得好像呻吟。

事情总是朝着会错意的状态下就那么发生了，也许本就没有对与错。

首尔来信第 150 封

哥哥梦到秋秋在新的学校里做报告，穿了一条粉红色的裙子，头发的样子不知道是因为梳了起来还是剪短了，在梦里有些记不清楚。秋秋讲得特别好，告诉新的同学在韩国的一些见闻，我也坐在下面听，你说的中文我每一句都听得很清楚。

本来我特别想站起来打断你，让你看到我就在下面，但是因为秋秋讲得太好了，我就忍住了想等着你说完。可是事情并不像我想的那样发展，你讲完话了后大家都开始鼓掌，我一边鼓掌一边想挤到最前面去，所有人都往前挤，很快我就看不到你了，我拼命地叫着你的名字，自己就被吓醒了。

醒来后真的特别难过特别沮丧，感觉就这样失去了和你说话的机会，躺在床上看着天花板，脑海里一直浮现着你的模样，然后又拼命地闭上眼睛，希望重新回到梦里。为什么不在梦里冲上去打断你的讲话，就好像那天我为什么不冲出咖啡馆紧紧地抱住你，让你哪里也不能去。很多事情都没有重新来过的机会，失去后也没有后悔的机会。

看到校园里的女孩就会想，如果秋秋穿这样的衣服是什么模样，秋秋现在是不是也和她们一样，是和一群女孩一起走过校园，还是正在和其他的朋友出去玩。有时候看到在一起的情侣，哥哥就更加想你，想着想着又很害怕，是不是秋秋已经找到了别的男朋友，是不是正和他在一起，就像我眼前看到的一样。

我已经申请到了去清华大学读书，朋友们告诉我这是中国最好的高校了，不过我觉得学校不存在最好这样的说法，但是能得到这样的认可一定是很了不起的。所以我就要去一个特别了不起的国家读特别了不起的大学，而这一切都要谢谢秋秋。

　　每天都想和你说好多的话，希望早点见到你的那一天，可以面对面地全部讲给秋秋听。每天都在希望秋秋过得快乐健康。

8

她的眼泪已经不是从小小的泪孔涌出来，一双眼睛变成了两个装满水的空洞，一股劲地往外涌，泪水很快打湿了脸和脖子，手背上、胳膊上也全是眼泪，这些都不打紧，鼻涕也跟着往外涌，擦了几次，鼻子周围就红得和眼睛一样了，皮肤也开始蜇得疼……她打开水龙头，把脸塞在热水里冲，热水和眼泪还有鼻涕混在一起，什么都那么混乱。

这是第几天宓秋月已经记不住了，她在屋子里躺着流眼泪，坐着流眼泪，照镜子的时候流泪。她自己告诉自己，这样下去她的身体会很快地枯萎下去，也许她一夜醒来后，自己就变成了一具干尸。她唯一不哭的时候就是杨枫也在的时候，即使正在哭，她听到敲门的声音，眼泪就立刻被斩断了。她就坐到靠近窗户的沙发那边，一动也不动。杨枫给她烧水喝，把买来的饭放好在桌子上，还把水果洗了切好，他做这些事情的时候，宓秋月都知道，又好像是不知道一样。弄好了这些，起初的几天，杨枫还走到她的面前给她说话，杨枫说什么宓秋月都好像是被点穴了一般，动也不动一下。她还穿着那件灰色的毛衣，但是下面变成黑色的全棉裤子，宽宽松松的那种。杨枫给她买了一身粉色有 Kitty 猫的睡衣，还放在第一次放在那里的位置。

在一个屋子的两个人，好像没有在一个空间里，杨枫的心那么疼，他疼自己这么卑鄙，但他没有什么可以解释的。他每天尽量买有营养的饭趁热送来，换着花样买各种水果，这大概也是他唯一能做的了。做好了这些，他很想多待一会儿，但他害怕宓秋月，他害怕她恨他，而在屋子里的时候，她的恨就强烈一些，他也害怕宓秋月被自己的这种恨伤害得更深。

今天他要了米饭和两个小菜，糖醋里脊是红色的，清炒芥蓝是绿油油的。杨枫从来不会让宓秋月用买回来的塑料纸盒吃饭，他都会装进盘子里，然后用纸巾把盘子旁边多余的油渍擦干净，米饭也要放进瓷碗里，这些都是他当时特意买来的，他幻想着两个人好像一家人那样吃饭，只是一切都被自己一开始就搞砸了。他把菜放好了不敢多想，害怕耽误时间，让饭菜凉了，接着把樱桃快速地洗干净放在饭菜的旁边。这时候他就该走了，也不敢说再见，就走到门口轻轻地开门轻轻地关上。

她知道他走了，并不知道他就在门口等着，每次都要确定里面有了声响才踮着脚走开。大概杨枫一辈子都没有这么走过路，似乎是脚底和地面发出了声音，楼就会崩塌了般小心翼翼。当然，宓秋月也没有如此吃过饭，她从沙发上站起来，四五步就走到了饭桌前，她坐下来，饭菜每次都搭配得很好看，她有的时候还没有拿起筷子就开始流眼泪，她现在哭起来根本没有声音，就是一直流泪，然后就这么直到实在吃不下去了，眼泪也还是没有停下来。今天，她坐下来，并不知道自己有没有哭，樱桃是她最喜欢吃的水果，其实她喜欢吃的是车厘子并不是樱桃，每年过年的那段时间，爸爸妈妈就会买进口的车厘子，成箱的车厘子，她就连饭也没有胃口来吃了。爸爸一边让她别吃得太多了，一边又让妈妈多买一些回来。

拿起一颗塞进嘴里，今年过年的时候她似乎忘记了这个世界上还有这么一种水果。她伸手抓了一把樱桃塞进嘴里，樱桃没有车厘子的果肉那么饱满，塞进一大把也没有多少果肉和果汁，她把嘴里的核儿吐在手上。眼前的饭菜在白色的磁盘里，糖醋里脊的味道一阵阵地传

过来，比番茄要甜腻一些的味道。宓秋月好恨，恨命运恨自己也恨杨枫，宓秋月却也好疼，她心疼杨枫为她做的一切，当同学三年，她知道杨枫是怎样的男孩，也明白他现在所做的一切，但怨恨和心疼让她更不知道怎么面对。

"原谅、不原谅，不原谅、原谅，原谅、不原谅，原谅……"宓秋月数着手心里的核儿默念着。

这并不是命运，这是宓秋月心里早就决定了的事情。命运确实会安排一些，但决定全部都是自己做出来的。她起身拿了一张抽纸，把手心里的核儿包在纸巾里，她又拿了一张纸巾，她看了一眼屋子，她在心里告诉自己：以后不要再泪眼看待世界了，要清晰、明亮地面对今后的生活。但纸巾还没有擦掉眼泪，她就"哇"的一下哭出了声音。坐在地上靠着床的她用纸巾捂着自己的眼睛，如此痛快地大哭起来，她模糊又清晰地记得杨枫回到校园里，高高帅帅地站在那里，她告诉自己：这才是他原本的样子。

宓秋月把一整碗米饭都吃完了，等她哭完收拾好再吃糖醋里脊的时候已经冷了，甜腻的番茄酱裹着炸过的肉吃起来好难吃，但是她好饿，就这么一口一口地吃掉了一碗米饭。她把剩下的菜倒进垃圾桶，这时候她发现杨枫居然都套好了垃圾袋。她想到这些天，自己都是勉强地吃了饭，但是从来没有进厨房洗过碗，等到他再来送饭的时候，再帮她把上次剩下的洗好。

宓秋月打开手机，"晚上别送饭了，你下课了咱们一起出去吃饭吧。"编好这条短信后又觉得有点奇怪，于是她把前半句删除了，然后把"吃饭"改成了"吃晚饭"。

发送成功后，她准备洗个澡换个衣服，她去把热水器插上，她带来的衣服基本都没有收拾，她一件件地打开，把它们都塞进塑料衣柜里，一边收拾一边想着一会儿穿什么衣服出门。

等她打开水才发现没有浴巾，但是有好几条毛巾，原来自己可以

这么久都不洗澡，她抓起自己的头发闻了闻，似乎也没有闻出什么特别的味道。

"其实没有什么是绝对的，就这么久没有洗不是也活着。"她心里这么想着，就钻进热水里了。屋子里就热闹了起来，都是哗啦啦的水声，填满了她空空的心。

再拿起手机的时候杨枫已经回复了短信。一条是："好的，我下课早就过来。"另一条是："你想吃什么？"拿在手里的这会儿又来了一条："我几点找你比较好？"

"再过一个小时就可以。"她回复了短信，只穿了一条内裤，包着头发的毛巾也开始滴水，确实有点冷，她一转头看到搭在那里的粉色睡衣，犹豫了一下穿上了，然后去洗手间找吹风机，不是很确定会有，但是打开洗手池旁边的小柜子果然有一个粉色吹风机，也是印着粉色Kitty猫图案的。吹着头发的她时不时地看了看镜子，发现镜子里的自己，消瘦的脸颊都有点凹陷了，洗了澡红润了一些看着还是觉得老了很多，和身上、手上的粉色形成强烈的差别。

"秋秋今天有点可爱……小羊咩咩。"她把吹风机放下，伸手摸了摸自己的脑袋。

"小羊咩咩，你要加油，哥哥不会喜欢这样的你。"她自己默念着，眼睛就突然发酸，但她很快就调整了过来。她走出洗手间，因为直对着大门，她感觉门动了几下，她就趴在猫眼上看了看，楼道并没有人，犹豫了一下，她打开了门。

杨枫就顺着打开的门一下子躺在她的脚上，两个人都惊慌得大叫了一声。躺在秋秋脚上的他一下子愣住了没有回过神来，接着很快地站了起来。

"你这样好像一个布娃娃。"

"你在门口坐着干吗？"

"你不是说一小时让我来嘛。"

"你……"宓秋月的心一下子就柔软下来，她感觉眼睛又发酸了，杨枫转过身关了门，嘴里还嘟囔着："你这样随便开门不安全呀，万一是陌生男人怎么办？"

杨枫说的什么已经渐渐模糊了，他的身体也渐渐模糊了，周围的一切也模糊了，那一刻她好像看到了爸爸或者她从小都渴望有的一个哥哥。

"我换个衣服咱们就出去吃饭。"秋秋说完就去自己带的包里找衣服，翻出衣服来准备去洗手间换衣服，发现杨枫不见了。"他应该是去洗手间了。"秋秋这么想着……

人真的会分裂成两个模样吗？杨枫在宓秋月的心里一直都是好男孩，腼腆、踏实的他，怎么会突然做出那样的事情来。"那么哥哥是不是也有她不知道的一面呢？那么自己不为人知的一面又是什么？"宓秋月想得出神了，手里拿着的衣服一半已经滑落到地上，自己不知不觉地坐在沙发上，身体也靠了下去。

杨枫在洗手间里，潮湿的地板，玻璃上的雾气还没有全部消散，吹风机还插在电源上，他的手轻轻地抚摸了一下有点潮湿的毛巾。他小心翼翼地听着外面，心情凌乱极了，从收到短信的一个下午，他都被兴奋和不安的情绪围绕着，虽然不知道这样的情绪要持续多久。

一个人在这间屋子里发呆，另一个人在另一间屋子里担心。人和人之间的情感是如此微妙，有的人会无比迷恋另一个人，那种迷恋自己都无法说清楚，就算那个人不是足够好还是无法自拔。是不是都是自己给自己画的圈套呢？

即使过了很久，杨枫在洗手间里还是不敢发出声音，几次张嘴声音却不敢发出来，他不知道宓秋月还要多久，他没有勇气去问她。当宓秋月自己回过神来，她看了一眼表，发现时间不知不觉转了那么多。

"杨枫？"

"你好了吗？"

"我、不好意思，让你等久了。"

"没有没有。"

"那你稍等，我马上好。"

"没事的，多穿点，外面还是有点冷的。"

两个人一前一后地走在昏昏暗暗的楼梯，那天的楼梯和今天走的似乎已经变了模样，楼梯更窄也更简陋。走在前面的宓秋月步子越来越慢，她的脑海里浮现出在韩国最后那天的那个楼梯，比这个要窄要陡，自己的路就是那个时候开始变得陡峭起来了。外面的夜色并不黑暗，他们走在车辆和行人交织的路灯下，吵吵哄哄的声音没有让身体感到暖和，宓秋月还是走在杨枫的前面，实际上她并不知道路。于是她渐渐把原本就很缓慢的脚步迈得更小，两个人就渐渐地并排在一起。

"我不知道吃什么。"

"你想吃什么？"杨枫问完又觉得这样问不是很清晰，接着说："这附近有炒菜米饭，还有粥和炒菜，你想吃面条吗？"

"我想吃、饺子有吗？"

"啊？饺子，嗯，有，有，饺子是吗？"

"嗯，很久没有吃过饺子了，今年过年都没有吃饺子。"杨枫看到秋秋说这句话的时候目光飘忽地看着马路，但是并没有看着车也并没有看着路，看着的是路灯的影子或者看的是往事。他很想靠近她，拉住她的手给她飘忽着的目光一个目标，告诉她以后这样的日子都到头了。杨枫却再也没有勇气靠近她的身体。

杨枫的韭菜饺子先端了上来，他要的是酸汤的，他把碗推到宓秋月的面前，问她要不要尝几个。

"你快吃吧，我不习惯酸汤水饺。"

"你嫌弃是韭菜的吧。"

"我嫌弃是你的。"宓秋月开玩笑的一句话，杨枫一下子不知道说什么才好了，也不动筷子也不动碗。

宓秋月赶快把碗推到他的面前说："快吃吧，冬天凉得快，其实是你嫌弃我啦，要的韭菜的。"

杨枫被秋秋的话弄得愣了一下，也许并没有听懂，他的思绪还是有点乱的，不敢相信宓秋月是真的原谅自己了。宓秋月的饺子也端上来了，她自己给小盘子里倒进了酱油醋。

"老板，能不能给我点儿香菜。"宓秋月喊完，又对着面前的杨枫说："我喜欢吃饺子的时候里面有香菜。"她用筷子夹了一个饺子，放到嘴边吹了吹，再用嘴巴咬掉饺子一边，饺子就露出一个小洞，接着把饺子沾进盘子里，灌进去一些调料，一口送进嘴里了。饺子在秋秋嘴里，小小的脸蛋被撑得鼓鼓的，看起来都不那么像她了。但是在杨枫的眼中她还是好看的，尽管她有些憔悴的脸让她看起来带着几分陌生。

杨枫终于不去乱想了，端起面前的碗连饺子带汤一口气就吃完了。也不知道味道究竟是如何的，他吃得出了汗，秋秋吃得不快，三两的饺子还剩了七八个的时候她吃得更慢了，然后她把一个没有蘸调料的饺子直接塞进嘴里，嚼了半天好像还是在嘴巴里。

"你吃饱了就别吃了。"

"我是浪费鬼。"她咀嚼着说这几个字不是很清楚，但是杨枫还是听得很清楚。当他注视着宓秋月的时候，就会感觉周围的一切都变得模糊，只剩下宓秋月存在着，而这个存在又在视线里渐渐变远变近，让他失去对距离的判断。

买单的时候，两个人面对面地等着老板找钱，宓秋月突然叫了他的名字。

"杨枫。"

"嗯？还想吃什么？"

"呵呵，我又不是猪。"

"不是，我……"

"我只是想对你说声谢谢。"

"啊？"

"谢谢你，对于所有你做的一切。"

"我、我想我对不起……"

"别说了，都过去了。"

两个人在更晚的夜里往回走，但是天也没有变得更黑，杨枫也并没有因为得到原谅的话语让心里更好受。两个人在一起的时候，好像不管对错总有一个人是错的，杨枫心甘情愿地做那个错的人。就这么莫名其妙的，秋秋突然想到了在韩国弘大附近玩的那晚，出了咖啡馆她因为酒精情绪很好，也有了勇气，然后她就靠在哥哥的胳膊，手还这么攥着哥哥的衣服袖子……周围的车和灯，秋秋想着此时此刻的韩国是如何的，哥哥又是在干吗，想着想着就不敢想了，让自己的脚步迈得更快一些。

他们回到了屋子里。冬天里温暖的屋子给人几分家的感觉，一丝丝的满足，和暖气一样悄无声息地蔓延着。宓秋月第一次这么认真地感受这间屋子，真的都是杨枫一个人准备的吗？为了她在这么短的时间里找到一间屋子，再一件件的把家具都准备好。如果换成是她的话，要怎么去完成这些事情才好呢？

"要不要看电视？"

"好呀，很久没看过了。"

"你平时上课忙吗？"杨枫去拿遥控器的时候秋秋问道。

"国内的大学不是那么忙，没有你在韩国上学那么丰富。"他说完这句就打开了电视机，电视里就发出吵闹的声音，宓秋月的心也忽然地乱了起来。

"你想看什么频道呢？"宓秋月却没有回答杨枫，当你很在意一个人的时候，这个人微小的感情变化都是能被察觉的。就在这样的几

分钟里，杨枫已经察觉了，可是说出去的话无法收回来，他很想说对不起，又觉得再说一次是更多的伤害。

"其实我爸爸在家每天都开着电视机，也不是为了看什么频道，就是听个声响，常常是看着电视就睡着了，不过你把电视机关了，他就醒了。"

"是吗？"宓秋月的脑子还是一下子没有抽离出来，机械回答着。

其实杨枫想了一肚子的话，但是因为自己犯下的那个错误他一句话也不敢多说了。两个人看了一会儿电视，有一句没一句地说着话，时间倒也过得很快。就算是有点别扭的感觉，杨枫也还是想要时间能凝固在这样的一刻里，但是他已经发誓不会再伤害宓秋月。

"秋秋，你洗洗休息，我回头再来。"

"要回宿舍了？"

"嗯，很近的，你放心吧。"

"杨、枫。"

"还有什么事情吗？"

"这里是你的屋子，你可以住在这里。"

"啊？"杨枫刚刚站起来一下子又坐了下来，意识到自己这样后他重新站了起来。

"不不不，不是你说的那样，这里就是你的家，不是我的，只要你不嫌弃。"

"谢谢你为我做的，这里也是你的屋子。"

"哦，是你一个人害怕吗？"杨枫只能听到自己扑通扑通的心跳，但是害怕宓秋月会听到。

"呵呵，算是吧。"

"那好呀，我睡在沙发。"

……

事情总是要有第一次，婴儿第一次可以坐起来，第一次可以直立

地站起来，第一次走路摔倒，只要有了这个第一次，不管是好的还是坏的，事情就有了开头。

宓秋月已经决定不要杨枫睡在沙发上了，但是杨枫躺在上面后就一动也不动，她站在沙发旁边，也拉不动杨枫也不知道怎么是好。

"要睡沙发也是我睡，我身体比较小，你这么高这里怎么睡呀。"

"很舒服呢，比我们宿舍舒服一万倍。"

"那你要是这样你就还是回宿舍吧。"

"不要赶我走嘛，你快睡觉吧。"

"床很大，可以各睡各的。"

"我睡着了，你别说话了。"宓秋月只好把自己厚一点儿的被子给杨枫盖在身上，她去洗手间洗漱后换上了粉色的睡衣，睡衣是绒布的本身就是比较暖和的，还剩下一个稍微薄一些的被子，她安排好一切就关了灯。黑了的屋子里只有宓秋月自己的呼吸，她听不到杨枫的，杨枫的黑暗里却全是她的呼吸。宓秋月很想快点睡着，因为她的脑子里乱七八糟的什么都有，她也不知道自己怎么了，居然很渴望杨枫可以躺在她的身边。

首尔来信第 170 封

距离去北京的时间越来越近了，心里好激动。今天特意和几个好朋友一起去吃了饭，因为不能乱花钱了，所以特意让妈妈做了饭请大家来家里坐了坐。

秋秋从来都没有来过哥哥的家里，希望以后会有一个这样的机会。

吃饭的时候有人提起了你，问我是不是单独和你联系不告诉他们，我就只是笑了笑。哥哥也觉得你有什么秘密是应该第一个告诉我的不是吗？可是你却对哥哥也保守了你的小秘密。

我已经开始在网上试着学习一些简单的中文问候，比如问候的话，好多种的你好我都标注了音节，记住了怎么说，好学会了介绍自己。只不过都是最简单的比如"我是谁""从哪里来""很高兴认识你""请多多关照"这样的话。中文好像没有像韩语那样特别的敬语是吗？

也许是因为网上教的都是最简单的，以后我就会学到了。

秋秋会不会看到这封信呢？如果看到了，可以给哥哥一些建议吗？比如推荐我一些好吃的，我可以都记下来，然后到了北京慢慢去品尝，比如哪里有什么好玩的。我知道秋秋不是北京的，但是你们应该都是属于中国的北方城市，应该有很多相似的地方吧。

看了地图，再次要感慨真的好大的一个国家，我也觉得自己选择来北京是非常正确的。想想在那么大的一片地方里，如果这里没有找到合适的工作，还可以去另一个地方试试。如果哥哥学好了中文，那么就比在韩国待的这些同龄人多了好多好多的机会。

我想这可能也是父母同意我去中国的一个很重要的原因吧。

所以秋秋看到了邮件就给哥哥回信好吗？就算去了中国，也并不会只是为了见到秋秋的，是因为你这个可爱的姑娘给了我这个帅气的男孩勇气。

用到这个词语形容自己，真的是要忍不住去照照镜子了。

秋秋不要笑哦。

现在也开始要准备一些韩国特色的小礼物，秋秋那时候不是拿过一些中国结送给我们对吧，可是我想来想去都不知道要带些什么，我觉得泡菜是最好的，可以用泡菜变出很多好吃的，但是这个东西好像并不合适带上飞机。

我准备去请教一下妈妈这个问题，感觉女人在这方面会细心很多。

那么今天的信就写到这里吧，我这就去找妈妈咨询了。秋秋，哥哥很快就要来了哦。

　　这个年纪的女孩谁都有权利闹情绪，可以不去上学可以和父母哭泣，可是宓秋月已经没有这样的机会了。她从那个自杀的念头中回过神，她从说不清的情愿不情愿中过了这几天，她再一次感觉到命运洪流的强大之处。她就这样被推着走着。

　　明明并不是心甘情愿的，却明明也是她自己选择了杨枫选择了这里。

　　杨枫那么好，杨枫也没有错，究竟错的又是谁呢？

　　在一次次的疑问和思考中，宓秋月开始渐渐地振作起来，她知道很多事情都是因为反复想象，放大了事情的一面。比如她和杨枫的关系，她其实从来没有讨厌过他，在他一次次找她和他表现出的耐心中，杨枫已经渐渐地软化了她的内心。如果非要说些她觉得伤心的原因，就是因为自己内心里住着另一个人。

　　这也是宓秋月生来第一次，面对一件心爱却必须放手的东西，不，还不是东西，假如说只是一件东西那么简单的话还好，现在是一个实际的人。

　　她也一次次地问自己，假如现在把杨枫换成李俊哲的话，他在看到自己待在一间破旧的小阁楼里时，头发蓬松凌乱，衣服简陋眼神无光，看到这个没有明天没有未来的自己，李俊哲会怎样对待自己呢？

他还会一次次地来看她，他还会给她带来好吃的东西，担心她有没有暖和的衣服，担心她有没有可以容身的场所？也许就是因为宓秋月的内心里并没有这样的把握，所以才选择不告而别。

当然，也有另一种的可能，每个人都会想捍卫自己在心爱人眼中的形象，为了保全这个形象不惜自己遍体鳞伤。

又有什么关系呢？

在面临真实的生存问题时，感情又能怎么样？

宓秋月洗了澡，把凌乱的头发收拾整齐，她当然不能一辈子废在家里，而且还是一个靠着别人租来的家里。宓秋月在逐渐平静下来后开始思索自己的未来。人要在经历一些事情的时候，才会知道自己的潜力有多大。也会知道一个人的适应能力有多大。

她顺着街道慢慢地走，想着自己能找什么样的工作，她就想到了咖啡馆，于是就先去了一家连锁的店。

"请问要点什么，咖啡类还是非咖啡的。"

"嗯，我想问问你们招不招人？"

"哦，这个我不知道。"

"好的，谢谢了。"本来宓秋月还想问能否找一下负责人，可是又进来了几个人，她心里本来就不好意思，到嘴边的话更是问不出来，于是她准备转身就走。

从第一家店里出来，可以说毫无进展，宓秋月有点怨恨自己，怎么连句话都问不出来。于是她准备换一家店去接着问。就这么走着走着看到了一家茶室一样的咖啡馆，就是那种可以打牌或者聊天的地方。

"请问几位？"

"我、我是想找工作？"

"那你等一下，我叫经理出来。"宓秋月局促地站在门口，里面的灯光稍微有点昏暗，是一排一排的沙发，有点像小的包座，一般这种店里面还有包间，应该会有专门的棋牌室。

"你要找工作？"

"嗯。"

"那你和我到里面说话"面前的男人瘦瘦的，不算很高，宓秋月也看不出他的年龄，反正都是比自己大。她就听话地跟着男人走过一排排沙发，然后拐到一个小的楼梯，楼梯很窄，最多两个人并排，有暖黄色的灯。

有那么一刻，宓秋月突然想起最后一次见李俊哲的那间咖啡馆。但是她不敢多想，她遭到了一次拒绝后，很高兴能有机会可以"面试"。

瘦男人打开了中间的一扇门，她跟着走进去，屋子是长方形的，最里面是一个麻将桌子，靠着门的是一个大沙发和两个小沙发。男人坐在了大的沙发上，她就站在了对面。

"你坐下来说吧。"

"嗯。"

"你多大了？身份证给我看看。"

"我可以下午给你拿身份证过来，我走得匆忙没有拿。"

"我们这里招人是肯定要押身份证复印件的。"

"我有呢，有呢。"

"你都干过什么？"

"我还在上学，没……"

"我们这里不收勤工俭学的。"

"不是，我已经休学了。"

"所以你就是什么都没有干过。"

"嗯。"

"我们这里现在刚好缺服务员，但是你完全没有经验。"

"我可以学习。"

"其实也不难，但是也难，就是来打牌的人加个水，给楼下聊天的人送个餐什么的，有时候站在门口迎来送往的，你形象还可以，就

104

是觉得你没经验。"

"我会慢慢地学习的。"宓秋月觉得好像有些希望。

"我们这里没时间慢慢。"

"我一会儿就去拿身份证复印件，随时都可以来上班。"

"你也不问问工资？"

"嗯，你们决定留我？"

"那肯定不是，我们有三天的试用期。"

"我下午就可以来。"

"一般是这样，我们十点开门，九点的时候肯定要到，我说早班，要来准备，我们是三班，早上到下午，下午到晚上，还有一般是晚上到凌晨的，因为是棋牌室，我们营业到早上三点，说是三点，很多客人打牌到四点的，你也要等着。这个时间你可以不？"

"那一周休息几天？"

"一周休息一天。"

"每个月工资多少？"

"没有五险一金，每个小时十二块钱。"

"那前三天没有工资是吗？"

"那肯定呀，你什么都不会，我们也要慢慢教你。"

"嗯。"

"那你考虑一下吧，好的话你交了身份证复印件就可以上班了。"

虽然在宓秋月的心里一万个不情愿，她以前根本不知道原来这样的地方工资这么低，一个小时十二块钱，一天工作八个小时的算下来，一个月才有两千多块钱的工资。她的心里想象着一份这样的工资，怎么都要有五千块钱才是合理的。不过现在也没有什么可以选择的，她自己没有学历也没有经验，估计除了这种服务员的工作，可能没有一个地方会要她。

起码这家店距离自己租住的地方并不是很远，每天可以走路上下

班，这样就没有交通费用，所以不管是早班还是凌晨的班，都是可以的。她走回家拿了身份证就来了。

当天下午，宓秋月就开始在这里工作了。

瘦经理给她了一件黑色的衬衣，说是工服，以后她可以穿回去，但是如果离开了就要留下。黑衬衣一看就是旧的，领口和袖口都有清洗磨损的感觉，宓秋月一想到这可能是某个人穿过没有清洗的，就不想穿了。她拿着衣服在狭小的工作间里准备，把衣服放在鼻子下面闻了又闻，就一阵阵地想要干呕。

她还是把衬衣套在自己的衣服上穿了起来。

上班期间要求头发是必须扎起来的，害怕你在送餐的时候有头发掉在食物里。宓秋月就跟着瘦经理开始学习起来，先熟悉点餐的内容，喝的吃的倒不用全部背下来，但是要知道一些，顾客问起来的时候可以推荐，然后熟悉每个包间的位置，送餐的就是坐在那里，按铃响了，就去询问有什么要求。还有就是站在门口当门迎，一般至少会有三个人，一个负责大厅的送餐，一个负责包间的，还有一个负责门迎，就是这样三班倒，三个小时换一次。反正三个岗位也都有自己的工作，她和其他人也不怎么说话，其中有个阿姨，可能比自己妈妈年轻一些，特意地问宓秋月是哪里人，家里干什么的。宓秋月胡乱地编造了几句话就蒙过去了。

她也没有告诉杨枫自己在哪里工作，只是让杨枫好好上学，不要天天过来，有什么就电话联系，放假了再过来。她不说的原因是担心杨枫会不让她去，就算让她去，自己要上夜班的时候，他肯定要担心。

杨枫当然不会想到宓秋月找了这样的工作，他只觉得可能宓秋月心里还是没有完全接受他，他心里想着给她一些自己的空间和时间也好。至于更多的，杨枫也不敢去想。

开始当门迎的时候就是累，她觉得比起发传单来说这个要辛苦得多了，发传单因为是持续活动的状态，注意力都被集中着，可能就是发下来一天后，躺在那里休息的时候才会有疲倦的感觉，但在工作当中其实并没有那么痛苦。但是现在不一样了，现在是站在那里，客人也不是源源不断地进来，大部分时间你就是傻站在门口，没有说话的人没有可以依靠站立的地方，站着站着就时不时有一种时间静止的感觉，有时候也会觉得自己可能很快就要昏厥过去了。

她就努力把注意力放在外面的马路上，过去一辆车过去几个人，他们可能是什么身份什么样的关系。可是这样并不能让她的时间过得快起来，她的思绪还是会被拉扯到韩国，最后都要落在李俊哲的身上。

"哥哥、哥哥、哥哥……"一个人的脑子里被塞得满满的，遥远的人一下子变得很近，呼吸起来是他的味道，仔细地去听，空气里马路上各种各样的声响都夹杂着他对她说话的声音。可是当你想要更深地把那种味道留住，或者你有意地竖起耳朵去聆听的时候，你又发现什么都没有。路上还是其他的行人在走着自己的路，车辆一辆接着一辆，你看不到它们里面的人，也不知道他们的故事。

宓秋月的身体越来越沉，腿也越来越沉。

从韩国回来后的日子，就像站在这里的感觉，身体里像是有着一个隐形的石块，它拉着你一直往下沉，它想你就这样沉下去。宓秋月不能也不想，她只能站得更直一些，她只能更期待着什么时候能卸下这块藏在身体里的石头。

下班后的日子就难得珍贵起来。

"你周几不上课？"她主动地给杨枫发了信息。

"都不上课，你想去哪里转转吗？"

"你想出来吃饭吗？"

"要不要陪你买点什么东西，书？你在家待着不会闷。"可能手机一直被杨枫握在手里，他几乎在同步就发来了好几条信息。

她再一次想起自己为了和李俊哲去约会做的那些事情，那些属于一个少女的小心思再也不会出现在她的生命里了吧。

等到了那一天，宓秋月睡醒来，意识到今天不用去上班，不久杨枫就要来找她，她躺在那里，看着天花板，心里久违地涌现了一丝惬意。她拿起旁边的手机开机，就看到杨枫给她的信息。他还是小心翼翼地说话，询问她具体几点过来找她比较合适以及要不要吃点什么东西。

"我现在已经醒了，你方便的时候过来就好。"宓秋月把这个信息发出去，看了看时间是早上十点半，她觉得好心情可能缘于自己睡饱了。

她去洗了一个澡，吹风机把头发吹得半干，也没有什么化妆品也不用化妆，但是她还是把头发努力地整理了一下，可能很久前在韩国烫过的原因，还是扎起来比较顺眼。

宓秋月觉得自己好像又瘦了一些，就是这种随意的一个念头。她想如果自己拿到这个月的工资，要先买一个隔离霜，再买一个眼线笔。但是一转身，她又看到这间房子，想到杨枫帮她做的这一切。

"什么时候才能还得了这一切呢？"这个念头一闪而过，敲门声也随着来了。宓秋月条件反射般地过去打开了门。

两个人都没有料到这么快就看到了彼此，突然有点尴尬，杨枫提着两个塑料袋子进来。

"你怎么也不问就开门呀，自己一个人住，不安全呢。"

"嗯。"

"你没吃早饭吧？我想着我们马上要出去吃饭了，就买了点面包，你这几天怎么吃饭的呀？"

"我不饿。"

"你都瘦脱形了，还不吃饭。"

"你老是这样对我，我以后怎么还得了你。"宓秋月看着两个袋子的东西，刚才的情绪还没过去。

"我、我没有别的意思。"宓秋月看着杨枫刚塞进袋子的手留在里面，好像拿出来也不对，不拿出来也不对了。宓秋月的心里有一阵难受，她觉得自己真的不该这样对待杨枫。

"以后再说啦，现在只能心存感激了。"她说着就走过去，自己去拿塑料袋里的面包。

"以后别买这种的了，你就买点简单的吐司，也不容易坏，这种又贵又放不了呢。"

"这一袋子里是日常的。"

她刚刚才想要的东西，现在已经出现在眼前了，有隔离霜有粉底液还有粉饼，有几种不同的眼线笔……各种的化妆品可能比她自己以前用的还要齐全了。宓秋月在卫生间的镜子里一边化妆，一边觉得眼泪就要涌下来。

幸福和不幸福交织在一起，可能任何事情本来也没有明显的界线。

当他们面对面地坐在咖啡馆的时候，旁边的一桌子是四个年轻人，长方形的桌子边各坐着一男一女，一边的长头发女孩染了黄色，她的手在转动着面前的饮料瓶子，不知道是在玩还是为了看上面的字。她旁边的男孩在看手机。对面的两个人，女孩的包放在男孩的腿上，她正凑过去靠在男孩的手上，问他点的饮料好喝不好喝，男孩就把饮料杯子凑到她的面前，还说了一句"好酸"。

杨枫的手一会儿握着自己的杯子，一会儿放在桌子上，但是这么久了他一口都没有喝，面前还放了一块奶油蛋糕，上面的草莓因为抹了一层亮晶晶的东西看起来特别鲜艳。宓秋月的思绪又开始飘忽起来，她有点想拿起勺子把草莓从蛋糕上抠下来，有点想就这么递过去，但是她还是没有动作。

首尔来信第 209 封

就要启程去北京了，这是哥哥在首尔家里最后的一个夜晚，原来觉得并没有什么的，不会有情绪的波动，但是哥哥还是失眠了。

想一想在这个特别的时间里，应该可以记录一下心情。

想说的话、想给秋秋说的话，总是想好了但是写出来的时候就说不出来了，每次写了一堆后才发现原本最想说的话倒没有说了。

秋秋是否记得自己离开中国时最后一晚的心情呢？有没有失眠？有没有在想着什么？又或者秋秋在准备突然离开首尔的时候，每一天的心情又是怎样的？每每说到这个话题，哥哥的心情就有一种被撕扯着的感觉，也是因为这种感觉让哥哥决定去北京。

脑海里总是有一个问题，就是秋秋为什么会选择这种不告而别的方法，而且一个人上着学，就突然不上了。什么样的想法都有过，秋秋是否生了病，但是害怕让哥哥担心，所以选择就这么离开。可是秋秋一直都是很健康的模样。那么就是秋秋要回到自己父母的身边，可是回家看起来也是一件比较正常的事情，又为什么不能告诉哥哥呢？所有的猜想都没有办法被证实，哥哥也只能让自己不要去想了。

可是一个人真的有机会遇到自己真爱的那个人吗？

我们每个人都有过这样的憧憬，有些人在没有遇到真爱的时候坚信不疑，有些人在遇到了后却不珍惜，但是我觉得大部分的人根本就没有机会遇到。当你和自己真心喜欢的那个人在一起的时候，生活就全部改变了。那是一种你从来都没有过的感觉，我在学校的每个角落里都渴望遇到你的身影，哪怕就是你朝着这边走，我朝着那边走，我们相互看了对方一眼，就是这么简单相遇也让这一段时间都变得高兴起来。没有遇到的人一定不会明白，那种两个人只要在一起做什么事情都会加分的感觉。

你的心情每天都写着她的情绪，你觉得世界都因为有了这个人有了意义。

我想当任何一个人知道了这种感觉，知道了自己想要的这个感觉，你就再也没有办法对自己生命说拒绝了。

所以我就算不知道未来不知道结果，也想顺从自己内心里的这份感觉。如果有缘分，我想我们一定可以见到，我们本来已经相遇了，我们就一定还会有这个缘分。

不知道未来当我身处中国的时候是不是还有这样失眠的夜晚，我希望不管要发生什么，都不会让我有遗憾。而且我也为自己做出这样的选择而激动，觉得自己像是一个长大的男人了。

秋秋你觉得呢？

哥哥又说了一堆，哥哥去睡觉了，将会为了遇到你更加努力加油。

10

　　看起来就要下班了，晚班是一件很累人的事情，到了十一点就开始很困了，好在晚班没有门迎这个岗位了，基本可以坐在那里等着客人摁铃，而且这时候需要服务的客人也少起来了。

　　宓秋月看了一眼挂在那里的钟表，应该就差十几分钟了，希望客人可以结账，她把其他包间的卫生打扫完了，最后的这个包间结账后打扫完就可以回家休息了。她就在心里默默地念叨着。

　　这时候按铃突然响了，她想着是不是叫结账，心里高兴极了，站起来就小跑着过去了。

　　"您好，请问是要结账吗？"

　　"给加点水，茶水都没了。"

　　"您稍等。"宓秋月有点失望地拿起茶壶。"卧槽，简直了你，你不会继续坐一庄吧，你都坐了十一庄了。"

　　"小姑娘你过来。"宓秋月拿着茶壶准备走，听到叫她的声音，抬起头。

　　麻将桌前坐了四个男人，两个偏瘦，两个中等身材，屋子里因为一直抽烟的原因，她看过去觉得视线是模糊的。她听到了刚才他们说的话，本来想提醒一下到了闭店的时间，可是她知道一般情况下，客人打得正高兴，肯定不想走，加上又是四个男人。如果有个陪看的，她提醒一下，可能陪着的人就会附和着说不玩了走，但是现在这种情形下，一般不打到自己甘心，谁也别想让他们结束。

"我去加水，您还有什么事情。"

"过来过来。"

"您还有什么事情。"宓秋月虽然心里有点不知道要干吗，但是客人叫她，她就走了过去。

"来来来，给哥哥摸一把牌。"

"你好好打牌，快点自己摸。"

"我看这小姑娘长得乖得很，给哥哥摸把炸弹。"

"你别逗人家了，快点接牌吧。"

"来，接一张，赢得钱给你小费。"

"不好意思，我们这里不收小费。"

"快点接。"中等身材的男人说着站了起来，抓起宓秋月的手就往牌桌子上放。男人的力气特别大，宓秋月感觉自己的身体都是被拽着过去的。

她有点蒙了，手和身体就这么被拽了过去，加上心里有点害怕，她就只能顺着他说的方向把牌拿了起来。

"炸弹！"

"卧槽！"

"真的假的，真是玩不下去了。"

"哈哈哈哈哈，给你拿去。"

"你这给得太少了，一张够个啥。"

"就是的，你连坐了十二庄了还摸了个炸弹，你就给人家小姑娘一百块钱。"

"老子玩的就是高兴，在乎这点钱，小姑娘多大了，这包里的钱都给你，晚上和我走。"

"哈哈哈哈，你可以呀。"

"小姑娘长得挺好看的呀，多大了？"

宓秋月站在那里，心里害怕极了，害怕到自己的身体被地面吸住了一般。

"我们不让收小费。"她只能这么说着，她准备立刻转身就走。好不容易转过身体，她感觉就被一股儿劲儿拉了回去。

"问你呢多大呢?在这干多久了？"

"放开我。"

"小姑娘别害怕嘛！有钱你还不赚？在这工作挺辛苦的吧。"

"跟他走吧，他有钱呢。"

"哈哈哈哈。"

"别吓人家了。赶快玩牌吧。"

"来来来，钱拿着。"男人说着，还真的把一把钱往宓秋月衣服里塞，宓秋月更加害怕起来，身体往后退，钱凌乱地撒了一地。

……

宓秋月回忆不起来当时发生的具体事情,应该是让她把钱捡起来，她不捡。她要走却被拽着，她的衣服也被扯了，她好像还被亲了，她还被打了耳光。很多事情在混乱中就无法被确定出来。她在夜里一个人在那间等着摁铃的屋子里待了很久，也可能并没有很久，只是那样的等待放长了时间。

直到瘦经理进来。

"你真的太不会处理事情了，怎么能和客人打起来。"宓秋月看着这张陌生的脸，她很想问问他，四个男人和一个女人，她怎么会和他们打起来。

"幸亏是半夜了，要不其他客人看到了肯定影响生意。"

"当初我看你长得干干净净的，也像个聪明人，才给你这个机会，你才来了两周就给我添乱。"

"你倒好，不说话了这是？"

她的眼泪就流了下来，虽然她的心里一直在对自己说不能哭不能哭。

"自己惹了事情，还哭上了。你明天别来上班了。"

"其实我也是为了你好，万一这个客人再来，看到你对谁都不好。"

"那我的工资呢？"

"你还好意思要工资？"

"如果你不给我这两周的工资，我就报案。"

"你报案什么？我们不要你？还是你和客人打架？"宓秋月的眼泪一下就止住了，她站了起来一句话都不准备说，先离开这里再说，她不知道报案要报什么，但是总要做些什么。

"行了，也没有合同，你去找谁也没用。两个星期都不到，还有你前面三天是试用。一般根本不会给工资，给你三百块钱走吧。"

"真的是看你可怜。"他从兜里掏出这个钱，还说了这一句话。宓秋月觉得自己浑身都是怒气，这是无处可说的怒气，她不想再接过这个钱，但是她还是拿了过来。

"你给我写个条子再走，你收了我这个钱。"

……

宓秋月一晚上都没有睡着，她的泪断断续续地和起伏的情绪铺满了整个枕头。离开了从前的家，离开了学校，离开了原来的生活，一切就是现在这个模样。她并不想找谁诉说，她在好好活下来的那一刻就决定要坚强地去面对，不管自己生命里会迎来什么。

她在早晨的时候起来好好地洗了澡，她要先睡一会儿，然后中午吃点东西接着去找工作。宓秋月知道现在不是可以难过的，她也没有时间休息下来。难过只能留给衣食无忧的人，而她的难过什么用处也没有，换不来金钱换不来食物换不来别人的尊重。此时此刻，只有自己劳动换来的生活才是不去难过的唯一理由。

她想到了其他的工作，经过这一件事情，让她意识到自己是一个年轻的女孩，在这种地方工作，因为人员复杂，还是存在着一些潜在

的危险。尤其是工作到半夜，就算工作地点是安全的，可是晚上回家的路上也并不能确保无事。

醒来之后她换了干净的衣服，对着镜子化了简单的妆，看了看又觉得妆有点太淡了，拿起眼线笔又描了几笔，把眼尾的地方拖长了一些。

以前高中时候她和同学去逛的商场，是那种独立小店组成的，大部分都是衣服的店铺，还有一些卖护肤品和小饰品的店铺。宓秋月以前就认识一家店的老板，因为比自己大几岁，秋月叫她刘姐，那时候刘姐上新款的时候就会通知她，每次买衣服也会给她打折。在韩国上学时候，也偶尔有联系，有时候刘姐要的护肤品，如果不是很贵的，就当作礼物送给她了。

今天她想去看看那些化妆店或者美甲店招不招人，自己起码可以学一门手艺，只是自己从来没有接触过，也不知道人家会怎么招人。另外准备去找刘姐那问问看，可宓秋月一直不好意思去，毕竟以前是因为买卖关系才认识的，对她表现得亲切也是这个原因，如果换一种方式，觉得刘姐也不一定会和从前一样对她。

虽然她觉得不好意思，可是现在这种情况下，还是要去试一试比较好。

她一家家店地看，三家化妆的店铺是连在一起的，她看到只有最左边的那家店，除了化妆之外还有一个小桌子，上面摆着各种美甲的板子，她深呼吸了一下走了进去。

"化妆还是修眉？"里面坐了四个女孩，其中有一个没有客人就对着她问。

"我是想、我想问问你们还招不招人。"

"你等一下，我把这个弄完再和你说。"这下说话的是一个年龄看起来稍微大一些的女人。宓秋月转过身看去，她扎了一个马尾，白色雪纺的上衣和黑色的裤子。她正在给一个女孩卷头发，女孩很瘦，眼睛上贴着厚厚的睫毛，眼线和眼影也都非常刻意了，因为化了浓妆，五官夸张地立体起来，更显得脸部轮廓硬朗起来。

"你有干过这一行吗？"

"没有，但是我可以学习。"

"完全没有经验呀。"

"但是我挺喜欢的，我的妆是自己画的。"

"完全不一样的。"

"我在韩国上学的时候就很关注美妆。"

"你在韩国上的什么？都留学了怎么想到我们这里。"

"我没有毕业，家里有些事情所以要我找工作。"

"哦。"

"我都可以学习的。"

"可是你可能不了解，我们这里工资不是很高，底薪很低，然后就靠你每天的工作量来算钱的。另外像你这种什么都不会的。是要先交学费两千八百元，然后直到你可以自己独立完成，最后还要看你的表现能不能留下来。"

"两千八百元是包括学习什么呢？"

"彩妆，生活妆、舞台妆、新娘妆这些都会教你。"

"是不是不包括美甲？"

"美甲是另外的老师，是租出去的，和我们没有关系。"

"哦。"宓秋月想着其实学了这个挺好的，是个长久的工作，但是要交学费自己一下子也没有这么多钱。

"我是很想学习也很想做这份工作，但是能不能先不交学费，或者交一部分，剩下的钱从我正式工作后的工资里扣除。"

"这个不行，万一你学一半不想学了，我们学费也不退，你学完了，不想在我们这里干或者我们不能录用你，都是麻烦的事情。"

"可以签合同。"

"我们这里就是这样，没有什么合同的。"

"这样呀。"

"你考虑一下吧，想来随时都可以。"

"好的，谢谢。"她说完从这家店走了出来，本来还想去旁边的店铺问一问，可是她估摸几家店这么近，应该模式都是差不多的。

"还是先去刘姐那里咨询一下她。"宓秋月的心里这样想着，就往她的店里走。以前来到这个市场的时候，走过每家店的门口，都想进去看看有没有什么喜欢的衣服，现在这些衣服再也吸引不了她。

人类可真的是被心情控制的，身体做的都是表象，心里的念头才是真的可以支配自己的。

"哎呀，这是回国了？怎么好久没有你的任何消息呀？"

"嗯，回来一段时间了。"

"怎么今天有时间过来？"

"嗯，现在有的是时间。"

"毕业了？韩国大学时间短？"店里没有其她客人，这个时间好，不会让宓秋月尴尬。

"我们家里遇到一些事情，所以回来了。"

"啊？要紧吗？是叔叔还是阿姨病了？就说你怎么完全没有一点消息呀。"

"不是的……"刚刚觉得没人就没有那么尴尬的情绪，但是话到嘴边还是觉得很难说出来。"我家的厂子破产了，哎，没办法，只能回来了。"

"哎呀，那怎么办呀？"

"刘姐，我其实回来已经快一年了，现在家里都好了，父母都已经回老家那边了，只有我留下来了。"她顿了顿，接着说，"刘姐，我是想来这边找个工作，刚刚去那边的美容店问了，想学学化妆这些的，自己可以养活自己。"

"真的假的呀？那多可惜呀，大学就不读了呀？"

"嗯。"

"嗯……你看我也是不会说话，不过人都没事最重要，你看我不是也没上大学，自己开店也过得挺好的。"

"我就是觉得刘姐能干，身边都是上学的人，没有工作的，我想问问刘姐了解化妆店的工作不，刚我问了要先交学费学习，就是我自己完全没经验。"

"害怕被骗了是吧？"

"嗯。"这时候店里来了几个客人，她们的聊天就暂时被中断，刘姐就笑着给几个女孩推荐衣服。宓秋月站在一边也不知道该做什么，就随便地看看衣服。

"你手里这个还挺好看，你试不试？"

"哦，这个呀，是呢，这个颜色今年还挺流行，你试啦，我看看你穿。"

"那我去试了。"其中一个女孩从宓秋月手里接过衣服，进了试衣间。是一件裸色的蕾丝长款罩衫。

"里面穿黑色还是白色吊带呀？"那个女孩问自己的朋友。

"我觉得你刚才那条裤子，你里面穿件吊带或者 T 恤都可以，然后这个就穿在外面，我看过韩国那边女孩这样穿，还挺好看，你自己随便找个颜色试试看，选你喜欢的颜色就行呢。"

"对对，我觉得你可以这样试试，我好像也在微博上看过有人这样穿。"

"会不会邋遢？"

"你试试嘛。"

"……

那个女孩最终买了那件罩衫还搭配了一件 T 恤。

"秋秋，其实我这边准备要去北京做批发，我看你给我卖货挺好的。"

"真的吗？姐你什么时候去？"

"等淡季到了那边肯定有人转店我就去，这几年赚了些钱，但是也就那样了，想去做批发呢。"

"那你现在要是需要人的话，我可以来的。"

"你不是想学化妆？"

"刘姐，我就是想找个工作，暂时在西安我也没什么能干的，你可能觉得我不能吃苦。"

"这个我倒不觉得，你长得好看又瘦，穿衣什么的都可以，我刚好要老跑北京，接下来就要找个店员呢。"

"那刘姐你有什么要求。"

……

宓秋月回家的路上真的很高兴，早知道就早点来找刘姐了，在咖啡馆的不愉快都没了，她终于找到了一份工作。

"我明天开始就去帮以前认识的一个姐姐卖女装去了，等我拿到第一份工资请你吃饭哦。"

"真的特别感谢你，辛苦你了这些天。"宓秋月连着给杨枫发了两条信息。她走着忍不住地哼起了小调，脚步也开始活蹦乱跳起来了。

杨枫的电话就打了过来。

"喂，你没有在上课吗？"

"你说你要去卖衣服？在哪里呀？什么姐姐呀？可靠不？会不会很累呀？你什么时候联系的呀？"

"你问这么多我回答哪个。"她说着都笑了。

"你在哪，我能不能去找你？"

"你不上课吗？"

"我晚上肯定没有课呀。"

"你不忙……"

"我不是监视你的意思，我是、起码知道你去哪卖衣服，你父母

也没有在，有什么事我也知道你在哪。"

"我去你们学校找你吧，我就在外面呢。"

……

宓秋月挂了电话找到公车站，看着车牌上一个又一个的站名，她以前没有坐公车的习惯，只知道几个熟悉的地名。杨枫可能就和这些熟悉又陌生的地名一样，不曾被注意地存在着。

有些东西存在过，重要的总会变得更重要吧。

宓秋月上了一辆公交车，她应该还要倒一次车，西安也没有像汉江那样的水面，但每个地方总有一个标志性的东西，很多人觉得西安的特色是城墙，是历史沉淀下来的古色古香。在宓秋月的心里从没注意过，因为生活在这里，一切都太过熟悉，但是从韩国回来后，她开始注意西安的树，比如现在春天来了，天空就开始飘满了雪花一般的柳絮。

她觉得很美。

她在去找杨枫的路上看着窗外，她有点想哥哥了。

首尔来信第 230 封

　　北京真的好大呀，我对新的朋友说带我去北京逛逛吧，他问我想去哪里，我说就先把整个北京转一圈吧，然后同学就哈哈哈大笑起来，给我看了一下地图。那时候我觉得中国真的是大呀，一个城市就能这么大。

　　兴奋的心情过后就是失落的感觉，觉得这么大的环境，想要遇到秋秋更是不可能的事情，而且秋秋还不在北京生活。可是我走在校园里的时候，就会一直有看到秋秋的感觉了。韩国的女孩和中国的女孩看起来还是有区别，这里的女孩更像秋秋一些，但是都没有秋秋在我心里好看。我一直记得秋秋烫了好多小卷发的模样和秋秋说话温柔的声音，就是我心里最可爱的小羊。

　　我去看了长城还去看了故宫，其他的地方可以慢慢去看，因为我已经爱上这里了，吃了特别好吃但是有点油腻的烤鸭，还吃了炸酱面，不过和韩国的虽然是一样的名字，但是味道根本就是两种。学校门口还有食品小摊位，和韩国路边的摊位差不多，但是不像韩国会有围起来的棚子里面有座位。我喜欢吃一种叫作"煎饼果子"的早餐，同学告诉我这个是天津的美食，哥哥希望有时间可以去天津看看。当然更希望去的还是西安，只是在秋秋还没有回信前，哥哥还不想去，每天都奇怪地想着打开邮箱，可以看到秋秋给哥哥的回复。

　　哥哥现在暂时在北京还没有找到可以兼职打工的，因为汉语基本上不怎么会说，学校里先上半学期的中文，九月份的时候才会正式开始学习大学的课程。北京的春天风特别大大，哥哥不舍得买很多新的

衣服，不过这里的同学很好，他们带哥哥去动物园批发市场，虽然已经很便宜了，但是也只舍得买了一件风衣。反正秋秋知道哥哥身材这么好，穿什么都很帅气对不对？哥哥那天还去了旁边的动物园，第一次见到了大熊猫，怎么会那么可爱呀，每一个动作都笨笨的，还有它特别的颜色，真是神奇。

除了风很大之外，北京的春天很多地方都飘着白色的毛毛，开始见的时候有种下大雪的感觉，觉得很漂亮，但是毛毛吹到脸上、身上，呼吸的时候觉得鼻子里嘴里都是的，真的很难受，秋秋见过这样的景色吗？如果见到一定要戴上口罩呢。

现在哥哥每天都会好好地学习，好期待有一天可以和秋秋用中文直接写信。

秋秋一定也过得开心充实吧，我们一起加油。

11

"杨枫，我准备去北京工作？"

"啊？"

"嗯，我准备去北京。"

"你为什么要去？你在那个姐姐那里不是挺好的吗？"

"不是这样的，我想了很多，我没有学历也做不了别的什么，但是我还有很长的人生。"

"是呀，可是去北京才可以吗？现在不是挺好的？"

"可是、可是不一定要去北京呀，在这里我们也可以做很多事情呀。"

"那个姐姐在这边做零售有一段时间了，觉得自己的生意就是这个模样，也不会再怎么好，已经局限了，但是想做得更大吧。那时候招我去，也是因为过渡期，一边要在北京找档口，一边这边生意也不是说停就可以停的，所以让我帮忙看店。"

"那现在不能继续吗？"

"她的店肯定就不做了,做了批发她每周都要跑广州那边进货呢，重心都放在批发，才能做好吧。"

"可是……"

"可是我现在没有学历，我去小公司做个前台都不行，去学习化

妆或者美甲我也想过，可是那些要先交学费。"

"我可以给你呀。"

"我知道你对我好，现在我住在这里是你给弄的，可是你自己也是学生对吧，再怎么说以后还给你，那都是以后的事情，我这样过的每一天都会有顾虑。"

"你不要有顾虑。"

"杨枫，你听我说完。在开始卖衣服之前，我发过小广告，就是张倩遇到我的时候，我也和我妈妈做过手工。在卖衣服之前，我还去咖啡馆工作过不到两周，我没告诉你，害怕你担心不让我去。事实证明想赚钱生活不是容易的事情，但是我在姐姐这里卖衣服，你也去看过，各方面都不错，而且姐姐怎么说也是女的，不会有乱七八糟的事情，接触的人也都是女的，而且这份工作女孩都不会讨厌。"

"那你不能继续去别家卖衣服吗？"

"我也想过，我说了你别有想法，但是我继续在这里卖衣服，我赚的钱根本不够我的生活费，这间房子房租也不便宜吧？我看起来继续在那边卖衣服生活有了保障，其实我还是不能养活自己。去北京那边，刘姐是会包我的住宿，而且做批发赚的钱相对多一些，我自己积攒一些，我说的积攒不光是钱，还有一些经验，看看人家批发是怎么做的，也许有一天我可以自己开一家店。"

"我说过了这里你随便住。"

"你有你的想法，我有我的打算，我知道你对我好，但我不舒服。"

"可是……"

"杨枫，你要真的想我接受你，不是这样对我好，虽然我知道你对我好，有时候我们也好像在谈恋爱，可是总是有一种不平等的感觉，你要让我去掉这份感觉，让我自己去做些事情是唯一的方法。"

"我、怎么不平等了。"

"等你毕业了，等你真的可以工作的时候我们再说好吗？"宓秋

月说完这句话，杨枫突然走过来抱住了她。这么多天里，他们生活在一起，一起看电视一起聊天一起吃饭散步，俨然生活在一起的夫妻，但是杨枫再也没有过任何亲密的动作。此时此刻，杨枫抱着宓秋月。

宓秋月被抱着，她觉得自己有点喜欢这个拥抱。

她的手也缓缓地抬了起来，是的，宓秋月也抱住了杨枫。

记忆有时候会让很多东西变得模糊。宓秋月对于去北京的路途以及如何告别西安的这一段渐渐模糊了，但是她记得那是春天，快到火车站的那一段路上，她看着窗外移动的景色里，已经有一撮撮鲜亮的黄色在阴天和灰尘飞扬的马路中，悄悄地把这个城市拉入春天里。她在那一刻，心里就有一团如同希望的烟雾弥漫开来，让原本清晰残酷的现实变得梦幻和美妙起来。

这样的情绪很快就被除了劳累还是劳累的生活全部掩盖了。宓秋月从来没有经历过这样的艰辛。在韩国上学时，最辛苦就是做模型，但和此时的工作比较起来，那简直就不算是工作了。身体的劳累可以努力地扛过去，但生活的环境让经历过这一切后的她还是不敢相信。虽然回国后和妈妈住在狭小的阁楼里，屋子和家具的简陋已经是她能想到的最差环境，然而在北京的屋子……她并没有屋里多少平方米的概念，和她一起住的是三个女孩，住在一厅一卧的房子里，客厅里放着一张小床，白天当作沙发，晚上就是床，客厅还有一张书桌，里屋是一个大床和一个梳妆台，梳妆台上放的是她们的护肤和化妆品，梳妆台上有四个抽屉，一人一个放一些自己稍微贵重的东西。她们的衣服或者摆放在客厅的书桌上，或者挂在阳台的晾衣架，有的时候也会放在自己睡的床上。屋子的墙皮会时不时地脱落下来，有时候一只蟑螂也会吓得几个人好像家里来了劫匪，这些都已经是宓秋月忍受的极限，而人为了生存是没有什么不能忍受的。宓秋月不敢相信在北京这样的大城市里，楼房中还存在这样的洗手间，推开一扇小黄门，要跨上一个小台阶，台阶上面横着的就是一个蹲式马桶，马桶的后方是一

个热水器，插电的那种，对着热水器的是一个淋浴龙头，厕所里面连一个窗户都没有，一年三百六十五天里没有一天是没有恶臭泛出来的。

在批发市场见不到光见不到新鲜空气的搬货，一干就是大半天，就连安心吃口饭的时间几乎都没有。原本最舒服的应该是终于干完了一天的工作，可以回家洗一个热水澡休息休息了，可是宓秋月回到宿舍要坐在沙发床上磨蹭很久也不愿意去洗澡。洗澡不比搬货轻松，需要两个腿分开站在蹲式马桶的两边，一个手必须要举着淋浴喷头，里面的空间太小，如果不用一只手举着龙头，而是放在墙上的话，龙头里的水花很容易就溅到电热水器上，这样也不是很安全。最要命的是，一边洗澡一边还有恶臭味道，这样的味道常常让人觉得不是在用清水洗澡，而是在用马桶里的臭水。刚来的一个月里，宓秋月每次洗澡都会干呕好几次，加上白天的工作太累了，她睡觉就会很不踏实，总是做奇怪的梦。另外的两个女孩受不了宓秋月睡觉又是翻身又是梦话，有的时候还会自己突然惊叫着醒来，和她一起睡的人也会被吓得惊醒，所以客厅的沙发床就让秋秋一个人住了。

时间不紧不慢地过着，宓秋月没有时间去想这样的日子怎么熬，也不再有时间哭，她偶尔会想起在韩国的日子，也会想起杨枫陪伴的日子，生活的一切让秋秋觉得没有任何真正的对错存在，你想生活很简单就会很简单，但是你想要它变得复杂和无法捉摸，也能让你费尽心思却找不到答案。她只在晚上的时候和杨枫通电话，她都会走到楼下的小院子里，有几个小的花坛，里面是胡乱生长的花草，从前家里的小区成片的花园，她也很少有机会享受，这里虽然没有人修剪，上面落着厚厚灰尘的花草一样还是长得很旺盛。

秋秋会告诉杨枫她现在每天的生活都很踏实，告诉他今天又来了什么新款的衣服，原本她想要自留一件的，结果穿在身上就会有很多人抢着要这个款式，最后连她身上的那一件样衣也被买走了。她也会

告诉他生意越来越好，老板给每人又多发了几百块钱，并且已经有了计划要去韩国进货，到时候要带上秋秋当翻译，当然工资又会加很多给她了。有的时候她说今天提前休息，三个女孩就去买了很多菜和肉，在家里自己弄火锅吃，她感觉这样下去自己就要胖了。然而这样的事情，其实一件也没有发生过。

宓秋月每天五点起床，洗漱完毕化个淡妆就要坐公交车去北京动物园的批发市场。来得早的话可以去市场对面的快餐厅坐着吃一顿早餐，但是这样的时间很少有，她宁愿多睡几分钟，并且去快餐店吃早餐的花费是一般早餐的好几倍，她会选择在批发市场门口的小摊上买，喝的有豆浆和各种粥，吃的有煎饼果子还有鸡蛋饼，一共下来也没有几块钱而且吃得比较饱。开始的时候宓秋月吃不完一个煎饼果子，吃那个鸡蛋饼更是觉得又油又腻。但是她的工作太辛苦了，并且常常到了十二点还没有忙完，于是她每次不管买什么早餐都会消灭得干干净净，要是买鸡蛋饼当早餐，她还会多买一个，快到中午有时候太忙又饿得不行的时候还能吃上几口。她干的工作也不是在店里站着穿样衣给来批发的客人挑，另外两个女孩都比她个子高，也更会收拾自己，衣服穿在她俩的身上更有型一些，她们两个都有卖货的经验，知道怎么和客户推荐。在一小间的批发档口里，另外两个女孩站在门口给客户看款式写单子，宓秋月站在里面拿着单子，把客人需要的各种衣服一件件地配好装好。

档口的空间很小，还有成堆的衣服，一般你站在这个位置了就很难有移动的空间，每天从六点半开始一直到中午，除了上厕所她都站在那里，靠着腰部的扭动和胳膊把各种款式的衣服装进一个袋子里，封口写上名字。三个女孩也没有时间和心情一起在家里吃饭，更别提是火锅了，她们两个都在北京有男友，本来就很少的休息时间都要用来约会了。刘姐也从来没有多发过工资给她们，一个月请她们一起吃顿好的已经是奢侈了。

因为是周一，大货都从广州陆续地来了，北京周边城市的销售都早早地来看货，所以三个人还有刘姐都在店里忙碌着挂板和整理。一般挂板的事情都是刘姐自己来做，同屋的两个女孩在前面一个点货一个记录，顺便熟悉一下新货的款式。这种服装的批发和大商场不同，到货款式和时间都是按照季度来看的，动物园批发市场几乎是每周一都有几百个款式，如果货特别好下周可能要排单，如果不是很受欢迎就成了旧货，就要以最快的方式处理掉，积压的衣服就成了又沉又占地方的废物，如果卖货的小姑娘灵活，可以把旧货搭配着，就能少处理一些。和秋秋同屋的两个女孩艾米和小薇年龄都比秋秋小，一个小一岁一个小三岁，但她们都是不到十六岁就开始卖服装，所以经验很丰富，刘姐的生意也是动物园批发市场比较有名气的。

　　北京已经热了。从前不知道，原来对于服装生意来说，夏天是绝对的淡季。七月中下旬刘姐几乎就不用每周跑广州了，去了也没有新款就全部都是旧款处理了。大概还有两周的日子是夏季最后的旺季，一定要赶在这个时间多卖一些衣服，接下来的档口就会进入半休息的状态。刘姐特意给她们开了小会，提醒她们加把油，好好地把这最后的机会利用好。

　　喝了一半的豆浆直接就扔了，头发也全部都挽了起来，虽然很热，可是宓秋月还是习惯穿着长裤和长袖，狭小的空间里拆开一件件包裹，本来就是很脏的工作，她一直还是不能习惯用皮肤直接接触。刚开始做这个工作，她去洗手间的时候看到其他档口的女孩有戴着口罩的，自己也买了口罩觉得这样比较卫生，只是真的干起活来，本来就缺少空气的地方，戴着口罩更觉得呼吸困难，力气和速度都下降了。一包包的货品已经被抱到档口的最里面，她习惯是先用剪刀把上面的塑胶袋剪开，然后把上面黑色的塑料袋先全部都拆开，几个大包的塑料袋拆开后，就把它们全部卷在一起，扔出这些塑料袋后就开始把衣服按照款式一件件摆起来摆整齐。这几个月做下来，她已经有了自己的一套顺序，同时再把

新款的每一件都递给刘姐或者其他两个女孩，用来做样板。宓秋月的胳膊越来越有力气，从前一次只能搬动几件衣服，现在夏天的衣服，她可以一次把一个款式的十件，两个款式的二十件也一起抬起来。

……

这么不知不觉地过着每一天，直到那个早晨，她刚刚吃完一个鸡蛋饼，豆浆都还没来得及喝完，她的胳膊就突然被人拽住了，整个人跟着这个力气失去重心，已经站在店门口了。猛然发现是杨枫。

"杨枫？"她刚叫出名字，接着就跟着杨枫的胳膊继续往前走，杨枫的手拽着她的胳膊绰绰有余，他们在拥挤的档口缝隙和人群中穿梭，杨枫的身体比较大，在人群中挤起来走得很快，但是跟着他的秋秋因为身体太弱小，根本就挤不过很多人，一会儿撞到这个人一会儿撞到那包货的。杨枫不给她说话和喘息的机会，就这么走了一会儿，宓秋月才回过神来，她用力地站定在原地，杨枫就没能一下子把她拽着走，只好停了下来。

"杨枫，你干吗呢？"

"出来说。"

"出什么事情了？你怎么突然来了。"

"出去说。"

"哈哈哈……"宓秋月被他一副认真严肃的模样逗笑了，他的眉毛都拧成卡通人物了。

"你走的路线是错的，绕了半天你走得更深了。"

"那你带着我走。"

"我今天着急上新货呢，你看人已经多起来了。"

"出去说。"杨枫一听好像急了，又拉住秋秋继续走。她不知道发生了什么事情，光这地下一层就有上千家的小档口，人又多起来确实很吵，她也只好带着杨枫走出去。

上了电梯，杨枫一下子就找到了大门，拽着宓秋月就到路边打出

租车。秋秋一把甩开了杨枫的手："到底发生了什么事情你先说呀？"

"你还让我说什么？"杨枫转过头，秋秋站在马路的台阶上，这样的高度差不多可以平视彼此。秋秋就从杨枫气愤的目光里看到渐渐柔软下来的目光。

"说、说你突然出现，说你突然拉着我要干吗？"

总有那么一些时刻是会被记住的。很多的时刻就汇集成了记忆。杨枫在那一刻抱住了宓秋月。

上一次他也是这么抱住了她。宓秋月记得，那时候她还没有来北京，时间好像过得很快，但这么想起来又很慢。

"跟我回家吧，求求你了，不要再受苦了。"宓秋月的耳边一个字一个字非常清晰，但是太过清晰反而变得模糊。在那样模模糊糊的感觉里，宓秋月把被杨枫胳膊捆绑般的手臂抽了出来，也同样地抱住了他的身体。

"就这一次，让我先把工作做完，你等着我，等着我好吗？"

"秋秋，你怎么能自己在这里受这样的苦，求求你了，我们回西安好不好？"

······

首尔来信第 277 封

　　都说北京的冬天没有韩国冷，可我却觉得真的非常冷呢。平安夜的晚上和几个留学生去三里屯玩，吃了一个圣诞大餐，并不是那种特别豪华特别贵的大餐，是一个特别辣的麻辣烫。中国的食物真的很丰富，我以为自己很能吃辣椒，这个秋秋是知道的，可是麻辣烫还是每次都不敢要特辣的那种。

　　秋秋有没有来过三里屯呢？每次来这里都有好多的外国人，因为周围都是大使馆，还有很多年轻漂亮很时髦的女人 ，但是这里的餐厅都比较贵，我觉得中国很多小餐厅的饭就很好吃。我们吃完了麻辣烫就去了一个下沉广场的地下喝咖啡，有穿成圣诞老人模样的人给大家发礼物，就像韩国大街上那些护肤品店一样，都是小的赠品带着一些小的糖果。我觉得他们真的很辛苦，因为天气实在是太冷了。以前从来不知道生存起来是很辛苦的，觉得读书就很累了，现在才知道工作才是最辛苦的事情了。

　　我们一直在咖啡馆待到十一点半，店铺陆陆续续关门了，我们好几个人准备打车回去，从咖啡馆走到路边，等了一会儿车就冷得哥哥牙齿打架，世界上最舒服的事情就是温暖了吧？不对，现在最幸福的事情应该是秋秋给哥哥回信了对不对？车特别多，丝毫不觉得已经深夜，路边的树上都缠满了电线，小灯泡把树变成了金色和银色，好看极了，人真是善于制造浪漫的高等动物，冬天这种颜色很少的季节，却制造出这么多亮丽的色彩来。

　　看得发起呆来，其实现在很多时候，我都觉得看到秋秋了，有一

次在学校的图书馆，走进去找座位的时候，看到一个背影就觉得很像是你，刚才在街上也看到一个女孩在和发礼物的圣诞老人照相，远远地看起来总觉得是你。虽然我知道这样的可能性很小，也知道你并不在北京，可是怀抱这样愿望的我，每一天的日子就好过起来。

路上一个化装成小丑的人，骑着自行车，车上绑着很多的气球，在大风里奋力地骑行着，他看起来像是一幅画，而画面动起来，就能看到他的艰辛。谁也不想在这样的寒冷里抱着一堆气球化成一个大花脸吧。都是为了生活努力的人呀，都在努力变得更坚强。

12

人都是喜欢胡思乱想的生物。宓秋月也是。尤其是在她自己开了店铺没有客人的时候。"命运"当然是她想得最多的一件事情。假如家里一直和从前一样的话，她就一定不会是坐在这样的一间服装店里，她想自己大概也不会和杨枫生活在一起，那么会是和哥哥生活在一起吗？她会带着刘苗淼去韩国的哪里玩呢？是去弘大的夜店喝酒还是去咖啡馆？她们会不会已经一起去了其他国家旅游？命运好似让她走投无路，只是终究还是让她生活了下去。她还是很感激杨枫，在相处两年多的时间里，遇到他也许是命运给了宓秋月最好的归宿。

可是即使过去这么多日子，她的情绪还是会时不时地不受控制，会突然感觉自己的存在完全不属于自己了，周围的东西明明还存在，却好像一件件都隐形了，椅子、桌子、柜子、水杯还有墙壁和屋顶，都在自己的周围一点点消失了，世界很干净透明，心里却空荡荡的。就好像有一双手塞进自己的胸口，一阵阵地把"怦怦"跳动的心从左边往右边、下边地拽，好想站起来深呼吸，身体却被沉沉地吸在地上。那张脸似乎已经想不起来了，如同一句刚到嘴边的话，但又完全想不起来了。这种情况常常出现在宓秋月的世界里，但也会有这样的时候，完全不要想起的那张脸，却非常清晰地浮现在自己的面前，用尽办法也赶不走心底的那种想念和牵挂。

时间退回到那个夏天。杨枫是犟不过宓秋月的。她怎么也不肯和杨枫回西安，但是杨枫在看到了她的工作，尤其是看了她住的环境，原本满心欢喜去看望她的心情全然没有了。他躺在宾馆的床上，满脑子都是那个在衣服堆里干活的秋秋，他没有想过批发市场居然会那么拥挤，尤其没有想到他心里的公主居然窝在那么密不透气的小屋子里拼命地搬着重货。没有心疼过的人不会了解所谓"心疼"的感觉，在杨枫的心里，宓秋月的人生已经在某个时间、某个夜晚和自己绑在一起了，让她的生活能过得好一些已经成了他的使命。

　　他第二天就买了机票回家，没有和宓秋月告别。如果不是带着她离开那样的地方，杨枫觉得看着她如此的工作是他人生第一次觉得不能接受的画面。到了西安后他先是想着问朋友四处借钱，但其实那时候为了给秋秋租房，他已经找了所有可以开口的朋友了。想了很多种和父母开口的方式，等到真的和父母坐在一起，他支支吾吾地说不出口，最后还是一五一十地说了。

　　"爸妈，我知道我突然说这些不像话，可是我没有骗你们，她是个好女孩，我高中的时候其实就很喜欢她，也是因为她我才觉得自己要更优秀，现在看着她这样，我更加坚定她是一个好女孩，我以后是要娶她的，不，现在就要娶她，所以我希望爸妈支持我。"他说这段话的时候已经从座位上站了起来，他感觉所有的血液都涌上自己的脑袋，他无法思考，只剩下一股精神。杨枫并没有得到父母的认可，不外乎那些所有人都明白的理由：没有结婚你投入这么多感情和金钱，人家回头嫁给别人你只有伤心的份。

　　那个晚上杨枫根本无法睡觉，他也没有心情给秋秋打电话，他干脆从床上起来坐在客厅的沙发上，找了笔和纸给父母写信。其实杨枫根本不知道，父母和他一样根本无法入睡，当然杨枫去客厅的举动也被父母看在眼里。爸爸第二天找了时间，假装瞒着妈妈和杨枫达成了协议。杨枫结婚的事情要等毕业工作稳定后再看，钱先借给宓秋月，但是要打借条。杨枫的

心里虽然觉得要打借条的事情无法和宓秋月开口，可是父母能拿出钱给他，能让宓秋月不再那样地拼命工作，他已经非常满足了。

这一次宓秋月也并没有思考太多时间就接受了杨枫的提议。她开始接受命运给她的安排，当然她也接受了杨枫。宓秋月唯一的要求就是她必须要写好借条，然后当面去感谢杨枫的父母。后来的很多事情就变得顺理成章起来。

宓秋月帮刘姐做完了淡季前最忙碌的日子，离开北京的时候也没有要最后一个月的工资，并且答应刘姐以后如果她需要发展去韩国进货，她一定会安排好时间陪她去。同样刘姐也给她介绍了以前认识的几个房东，宓秋月准备开店的时间也选得比较好，每次夏天服装淡季后都会有一些店铺干不下去，刚好就能找到空的店铺。刘姐还告诉她自己一些西安老客户的联系方式，让秋秋店铺开起来的时候联系她们。

对于服装市场不了解的人，想要开店就会完全没有头绪，虽然秋秋只是跟着刘姐干了小半年，但刘姐因为自己已经不做零售了，所以也没有防着她，听到她要自己回去开店，也似乎是意料之中的事情。在西安做这种年轻人衣服的市场其实就几个，大家进货的地方也都差不多，一个地方就是北京，就是秋秋工作了小半年的地方，还有一个地方就是上海，来这些地方进货的好处就是可以每个款式只拿两件，如果你和这些批发的老板熟悉了，很多时候，你也可以一个款式只拿一件。对于做零售的人来说，这里的货稍微贵一些，但是已经筛选了一遍，并且每个款拿的件数比较少，不容易压货。当然也有一些零售的生意做得很好，客人也很稳定，就可以直接去广州拿货，去广州拿货比较便宜，有时候一个款式能便宜一百块钱，可是在广州拿货一款你至少要拿够十件。

最早的店铺房租是一个月七千块钱，刘姐帮忙，她一次租了半年的房子，于是房东给她便宜到五千五，但是要多押三个月的房租。在宓秋月回到西安前，杨枫利用自己的暑假已经开始忙着店铺的装修，等她回来的时候，壁纸已经贴好了，衣架、裤架、陈列架、模特、射灯、装饰品，就连 POS 机和店里的宽带杨枫都已经弄好了。

宓秋月从北京回来后的第一时间，也是第一次去了杨枫的家里，写了借条。然而让杨枫没有想到的是，他的妈妈居然在宓秋月来家里的第二天开始收拾了书房，还邀请宓秋月住进了他们家。

无依无靠的宓秋月就这么在西安有了家也有了依靠。

她从刘姐的客户开始卖了第一件衣服。以后就慢慢卖了很多件衣服。然后从刘姐那里进的货慢慢不能满足，又开始在北京批发市场其他的档口拿货，但是毕竟刘姐帮助了她很多，在别的档口拿货比刘姐那里越来越多，秋秋每次去北京进货都有些不好意思起来。她慢慢发展成去上海拿货，到后来北京上海一周一次，直到快一年的时候她的客户都非常稳定了。刚好是寒假，杨枫陪着她第一次去广州试着进货，虽然在广州很辛苦并且还被抢了金项链，但也许是因为赶上过年，也许是因为进货便宜了她卖得就相对便宜，也许只是运气，反而比从前卖得更好。

……

那年过年，宓秋月带着杨枫去见了自己的父母。本来杨枫的父母是要去见秋秋父母的，秋秋考虑到自己爸妈住的地方太偏僻也太简陋，在杨枫陪自己父母过年后的那个十五，宓秋月的父母也回到了西安，两个父母就这么第一次见面了。

失去了原本富裕和安逸的生活,宓秋月瘦小的胳膊上长出了结实的肌肉，她也习惯了每周一趟来回的硬卧火车。为了节省费用不会多住一晚旅馆，而是坐过夜的火车，到了后就赶快进货、打包。不是特别辛苦的时候就会自己把货扛上火车，这样可以省下运费，还能第一时间拿回新货。也有在火车上被罚款的时候，也有买不到卧铺坐硬卧的时候，还会有少货、丢货的情况，但是宓秋月从来不抱怨也很少让杨枫陪着她去， 每天回到家杨枫的妈妈都会给她留好了饭，她休息的时候

也会很勤快地帮着家里做家务，宓秋月每天都是笑容满满地面对所有人，她的妈妈每次电话都要嘱咐她，在别人家不比自己家，要感恩。要听话，也会在电话里一直给秋秋说对不起，让她过这么辛苦的生活。秋秋每次都非常认真地给妈妈讲她的生活，说自己现在过得很舒服，觉得自己的人生反而更加独立和坚强，也丰富起来。

她说的是自己的心里话，所以她才更加努力，让心里想着更多美好的事情，日子就没有那么难过了。但是思念还是时不时地来袭击她好不容易平静的心情。她看着店铺里满满的衣服，仿佛看到了自己这些年一点一点地努力。镜子里自己瘦而很结实的身体，已经不同从前了。她的头发大部分时间都是扎起来，松松垮垮地随便一绑，这样方便自己干活，人生第一次也是最后一次烫头发的那个自己，那么简单的自己，好像一张白纸，什么也不会什么也不懂，但是她懂自己第一次爱上了一个人。

除了杨枫外，她的生活中再也没有其他同龄的男人，每天卖货面对的都是女孩，让她都要忘记那种心动的冲动，那种为了看他一眼就找很多借口一次次地从他的教室门口经过的事情，再也不会存在了。

首尔来信第 267 封

　　时间在想你的时候就过得很慢，在学习中文的时候就过得很快。两种时间其实都有一点煎熬，但是想你是甜蜜的煎熬。

　　哥哥已经在北京快一年了，找到了饭店兼职的工作，因为语言不好就在后厨洗碗，现在已经可以帮忙做一些简单的料理了，可是收入还是很少，如果一直这样下去，可能哥哥要休学一年回韩国打工挣够学费。很多时间想起秋秋在韩国的日子，觉得自己还不如一个女孩子。昨天一个朋友给我手机下载了微信，教我怎么用，我就想起以前我教秋秋用赛我网。不过我还不怎么会用朋友圈发状态，都是在看其他的同学发，如果遇到他们发了大段的中文，我也不是很理解其中的意思，要查半天才知道。

　　我常常想，秋秋突然离开韩国是不是因为其实还是很寂寞的，比如现在的我。虽然同学们都很热情，可由于语言的问题，还是不能敞开心扉地交流，我也会和韩国以前的朋友联系，但是大家生活的环境差别又很大，也不是每一件事情都能分享。秋秋呢？在中国上学的你和在韩国的你会是一样的吗？是不是每天都会有形影不离的好朋友，会不会有很多男孩都要主动和秋秋说话聊天？想到这样的画面，我真的是又高兴又生气。

　　哥哥也认识了一个中国的女孩，她叫杨淼，可是哥哥总是把她叫成杨猫这种发音，每次她都会笑然后纠正我，时间久了我们就会多说几句话。她名字里的字很奇怪，是三个水叠合在一起，一个水已经很难写了，更别说三个在一起了。她告诉我还有三个火叠在一起的字，还有三个牛叠在一起的字，真的很难写。

听到哥哥认识了其他女孩子秋秋会不会因为吃醋就给哥哥回信呢？我们有时候会一起去咖啡馆，她带我去过香山的一个咖啡馆，里面有很多的猫咪。我还请她去我打工的餐厅吃饭。不过秋秋不要乱想，我们就是好朋友，她很喜欢看韩剧，会给我说韩剧里的事情，我听着觉得很亲切，有时候也会解答我对于中文的问题。她是一个很好的女孩子，不过哥哥不喜欢她又高又胖的模样。

对不起，又和秋秋讲了很多乱七八糟的事情，其实哥哥不写信的时候是一个话很少也很冷酷的男人，每一天也都在努力地学习和工作呢，但是和秋秋说话就会变成温柔的男人。

哈哈哈哈，哥哥期待你的回信。

13

开始的时候,宓秋月店里的生意主要依靠刘姐给她介绍的一些老顾客,生意还是不错的。最多的时候一天能卖到两万,这样的生意持续了一段时间,商场里的人突然变得少了,买衣服的人也少了很多。有时候即使是到了上新货的当天,一天也只卖一千块钱左右。这样的状态一直持续着,没有好转反而越来越差了。

宓秋月在这个商场里和大家并不是很合群,因为是同行,她都不好意思在商场里面走动,除非接热水和去厕所。她走过每家店铺的时候都是匆匆忙忙的,连瞟一眼也不敢,就怕别人说她是想看版或者学别人进货的款式。她想问问其他的人,连一个能去咨询的人也没有。她也有和杨枫提起这件事情的时候,当然她只能得到几句安慰的话,杨枫是从来都不会给她压力的。越这样她自己心里越是堵得难受。

早上一般是十点开门,但是这个市场里没有几家商铺是十点开门,这个时间一般很少有人来逛,只不过商场要求,十点的时候商铺必须要收拾干净打开灯,不然就会有人来查了扣钱。很多商铺之间互相帮忙,今天你给我开灯,明天我帮你,就是一个形式。宓秋月一般都按时到店里,她很珍惜自己现在的生活,比起北京或者之前都太好了。

今天也是,不到十点钟,她已经坐在店铺里了。卫生都是晚上打扫的,因为早上不能扫地,扫了等于把财运扫走了。店里最近生意不好，早上的时候，宓秋月就把店里剩的款式比较多的衣服一件件穿在自己身上照相，微信刚刚流行起来，宓秋月看着很多人把卖的面膜什么的发在朋友圈里，她也照猫画虎地把自己衣服的照片发在朋友圈里，有一些人看到照片不想来店里的，就会微信支付，让她邮寄过去。有一个问题就是，宓秋月比较好说话，有的人收到了衣服嫌弃大了或者样子和想象有区别，就会要求退了，其实增加了工作量，也没有增加收入。

正在照相，看到有两个女孩走进她的店里。她嘴里一边说着"随便看"一边转过身子。

"秋月！"

"我说了没有骗你。"

"你怎么突然就消失了？我都担心死了。"说这句话的人是刘苗淼，她没有回答旁边张倩的话，全部注意力都在宓秋月的身上。

"苗淼？"

"难得你还认识我。"两个人面对面地站着，店铺里本来就很小，三个人和两排衣架，令两个人都觉得呼吸急促。静止了一会儿后，刘苗淼一把抱住了宓秋月，她比较高，脖子越过宓秋月的肩膀，下巴顶着她的背，抱得紧紧的。宓秋月有一点不知所措，也还是抱住了她。这么一来，也不知道是谁先哭了，"呜呜呜"的声音就在屋子里绕来转去的。

"你俩当我是透明的吗？"张倩说出这句话，两个人才松开胳膊来。宓秋月这才注意刘苗淼，她好像更高了，穿了件宽松的白衣服，牛仔裤包着细长细长的腿，短头发应该是烫了蓬松的大卷，桃红色的口红看起来最显眼，也不知道因为哭晕妆了还是怎么的，感觉眼妆也画得很重。

刘苗淼伸出手在宓秋月脸上掐了一下。

"疼！"

"我看看是不是做梦。"

"做梦应该掐你自己呀。"

"你俩和小情侣一样，不知道杨枫看了吃醋不。"

"张倩和我说你在这里开店，我根本不相信，你怎么能完全不和我联系了？"

"我、我以后慢慢和你说。"

"还有你是不是已经结婚了？"

"宓秋月，你不用当着我面什么都遮遮掩掩的吧。"

"张倩，我没有啦。"

"张同学，什么事情瞒得过你呀。"

"我请你俩吃饭吧，店里太挤了。"

"不影响你做生意吧？"

"不要紧，早上人不多，吃饭时间可以关门一会儿的。"

宓秋月把"店主有事去吃饭，有事请拨电话"的牌子挂上，三个人就前后一起走出了商场。

宓秋月建议去咖啡馆吃简餐，稍微安静一些可以说话。

"能不能吃点好吃的呀，吃完再去咖啡馆？"

"我不能走太久呢。"

"哎呀，耽误半天没什么事情吧。"

"张倩你就别添乱了，人家这是工作呢。"

"下次你们提前说了我请好假，店里一直没人商管会来扣钱的。"

"扣嘛，多少我给你。"

"张倩……"刘苗淼的话还没出来，宓秋月就接过了话："可以可以，你说想吃什么就吃什么。"她说着给刘苗淼扮一个鬼脸。

"我给你们说，这附近新开的一家日料，都说好吃得不得了，特别新鲜呢……"张倩已经手舞足蹈起来，只要满足了她的要求，立刻就会变成个小孩。一个人在自己的世界里封闭得太久，是会不容易接近别人了还是会更渴望人群呢？宓秋月看到昔日里的同学：她的表情、动作、状态……这些都让她从心底浮现出小激动。

"我们上一次这样聊天还是用的 QQ，现在居然已经换成微信了。"

"对不起，一直没有和你来往。"

"不愉快都过去了，我就是生气你干吗不告诉我。算了，不说了。"

"对我来说当时真的觉得过不下去了，没有任何别的心思也不想和任何人说话。有一次都不想活了，杨枫一直来找我，他找到我安慰我并给我一切，才让我这样坚持了下来。"

"他是真的喜欢你。"

"嗯。"

"以后没事了就去找你。"

"来了就请你吃饭，反正我店里也无聊。"

"我才是无聊，每天工作就是坐着，只有报数据整理报告的时候累，觉得毫无意义。"

"但是你这个工作比较稳定，女孩子还是要一个稳定的工作好。"

"那你现在收入怎么样？"

"杨枫妈妈也不要我的钱，在家里吃喝住，每个月差不多有八千块的收入，好的话能到一万。"

"那还可以，我们说好的旅行也从来没去过呢。"

"我过段时间招个人就能有时间出去，现在还不行。"

"你可以雇个学生兼职嘛，也不贵，别自己那么辛苦呀。"

"店里现在这样是因为我每天都盯着，自己给自己干活肯定上心，店员一是没这么上心，再说我们这种不像商场，多少衣服多少货非常清楚。我们这一周两周上新一次，乱七八糟的衣服很多，而且价位是有个大概范围，不是定死的，别人给你卖一天想自己扣下来上百的也不是很难。"

“我其实有点想法，不过我不懂这个，以后慢慢和你说。”

“嗯嗯。”

“我们似乎真的长大了，说话的内容都不一样了。”

宓秋月看不到自己脸上的微笑。她拿着手机，手指在屏幕上飞快地触摸着，打出一行行的字里都是满满的满足，这种久违的感觉她自己已经忘记了，是快乐？是放松还是别的呢？对于一个二十几岁的女孩来说，她已经太久没有享受过同龄人的快乐了。从她几年前下了飞机踏入西安起，她的命运就已经来了一个大转弯，她就是在那时开始失去了同龄人该有的一切了。

很多的时候她也很想找个朋友说说话，她不知道该怎么找或怎么说。每个人都在生命里学习接受新的一天发生的一切,慢慢来是每个人成长中经历的方法，很少有人会今日天上明日地下，如果从这个角度来说，宓秋月的人生比一般人多了些经历。但这些都是回忆里或是听故事时候的一笑而过，只有经历才知道痛彻心扉和措手不及的真正含义。

所以她在笑，她只是坐着，享受片刻和昔日好友微信聊天的时光，就有一种从心底涌动的幸福感弥漫开来。而另一头的刘苗淼是没有的，这一切对她来说唯一不同的就是，昔日的好友终于回归，而抱着手机聊着闲话，早已经不是什么值得一提的幸福。各有各的好处吧。宓秋月站起来，把架子上挂得不顺的衣服全部整理平整。看了看墙上的挂板，好像这周都没换过了，这个衬衣当时觉得打底穿起来很方便，于是一次拿了十五件，价位也特别便宜，可是现在过去半个月了，居然一件都没有卖出去。一件衣服六十五元的进价，不算路费和住宿也快要一百块钱呢，这样可不行。眼看着两周都没有进货了，不进新货也没有生意，但是货钱没有卖回来又肯定不能去进货。

她开始在刚刚整理好的衣服里找可以搭配这件衬衣的衣服。背带裙可以，穿上是很文静的感觉，刚好这个背带裙还有四件的库存。开衫不管是毛衣还是西服外套也都可以，跟着颜色不一样穿出来的感觉就是不一样的。现在每次到货了和前几年卖货已经有了区别，那时候客人都是掐着时间来直接试衣服，现在越来越多的人要先看看照片，觉得有适合自己的才来，或者看中了干脆让宓秋月快递。西安的春天又如此短，衣服一定要早点卖完，不然成了积压货就是"垃圾"了。

　　要打起精神想办法卖货呀，好不容易开起来的店，一定要好好地做下去。自己把搭配好的衣服穿上对着镜子拍照片，不好看的地方稍微修一下，还要拍一个挂板的图片，细节的图先不用拍，发出了后，如果有人确定想要需要细节图片的再拍。宓秋月的衣服都不会修得太厉害，她自己拍照比较有优势的是她符合现在人的审美——瘦，紧身的还是宽松的，她基本都可以穿。大部分女孩可能都觉得一件件搭配衣服，穿在自己身上比对是很幸福的事情。这可能就是现实和理想的差别，当你每天都面对这些，你的眼睛里已经不是哪件衣服穿在自己身上好看这么简单了，而是怎么把这些衣服搭配和穿出让人想买的欲望来。

　　忙起来时间过得很快，她这么穿穿脱脱对着镜子拍拍照片，一会儿就到了中午。现在一早上居然商场都没几个人。宓秋月想了想，还是等着来商场卖饭的人来随便吃个什么，就不出去自己吃了，不然万一那会儿有人来逛，刚好自己坐着把图片修一修。

　　"早上忙不忙？"

　　"早上都没有人来。"

　　"那你很无聊吧。"

　　"我把积压的衣服收拾了一下。"

　　"中午记得去外面吃点热乎的饭。"

　　"放心吧，很快就去。"

"你别随便等着人家来卖个夹馍啥的。"

"就去吃呀。"

"买个饮料喝。"

"我有杯子,喝点热茶多好。"

"嗯,那你快去吧。"

"你帮我想想好不好?"

"怎么了?"

"积压了一种衬衣,一件都没有卖,我搭配了一下准备发图卖卖老客户,我犹豫是说衬衣特价一百元一件还是说买衣服送衬衣。"

"女孩子的事情我真的搞不懂,要不你问问刘苗淼。"

"我觉得说衬衣特价,给人一种衬衣不好的感觉。"

"那就买衣服送吧,就说回馈老客户,关键这样还带动了你卖了其他衣服。"

"对,你说得对。"

"晚上你想吃什么我给我妈说。"杨枫突然来电话了。

"不要给我留,我每次回去那么晚,还要给我热饭,我自己就吃了。"

"很方便呀。"

"又不是你做,好了不说啦,咱俩都去忙吧。"

宓秋月开始修图,拿着手机想着怎么编辑文字,这时候来了两个女孩,一个比较瘦,一个略微有点胖,进来翻了翻,看着宓秋月身上穿着衬衣和背心裙,问这个怎么卖,可以不可以试试。

"我正要发图片呢,准备回馈老客户的,买裙子送衬衣,喜欢可以试试。"

"有没有新的呀?"

"有,裙子还有两件,一个 S 一个 M。"

"我穿 M 吧?我穿会不会显得胖?"稍胖的那个对着比较瘦的那

个女孩说。

"我觉得胖的人反而不要穿宽大的，差不多修身的比较好，你试试吗。"

"你喜欢不？"

"我觉得衬衣还挺好的，我不喜欢穿背带裙。"

"都试试看嘛，衣服要上身，你先试试 S，你朋友太瘦了，你对比觉得自己胖，我觉得还好。"

"衬衣单卖吗？"瘦的那个女孩去问。

"可以的，你看看我刚搭配的，买一个送这个比较划得来。"

"帮我拉一下拉链。"稍胖的女孩穿好了走了出来。宓秋月急忙迈步上前帮她拉，结果拉链卡在了胸部的高度。

"你先去照照镜子，胸围这里不行，我就说你可以穿 S，不过胸围比较大我就不用力了。"

"好像挺好看的，我也去试试衬衣。你看我，就不用担心胸部紧。"瘦一些的那个女孩一边说一边拿着衬衣去试了。

"你是哪里都不用担心会紧好不好？"稍胖一些的女孩说。

……

宓秋月加了她俩的微信，都还是上大学的学生，一早上终于开张了，她坐下来开始编辑朋友圈。

"以后每个月都会给老客户点福利哦，感谢大家支持，下面的衣服，买就送衬衣活动，只有十二个名额，需要尺码衣服细节的私信我，就不刷屏了，不要屏蔽我哦。"

首尔来信第 300 封

哥哥真是对不起秋秋，今天我哭了。你一定觉得哥哥是一个特别没有出息的人吧。

如果是当着秋秋的面，哥哥一定会忍住眼泪的，但是今天哥哥还是哭了。想到来北京上学这么久，哥哥虽然已经很努力地在学习，但还是没办法写完一封完整的中文信给你，以前想到的种种愿望也都没有实现，不但没有见到秋秋，反而觉得我们越来越远了。是秋秋忘记哥哥了吗？

最难过的是上完这个学期，哥哥必须要休学一年了。留学生的学费比较贵，按照现在打工的进度，在今年秋天是不可能凑够学费和生活费的。自己一个人越想越觉得伤心，等自己缓过神来的时候，桌面上都是眼泪。很多朋友都很好，说可以借给我钱，让我还是不要休学了，慢慢打工来还钱，但是哥哥不能要同学的钱，这些都是他们家人给的生活费，如果要靠着借钱来生活，我会觉得自己每天都抬不起头来。我想秋秋也一定同意哥哥这样的想法对吧。

沮丧的时候会觉得，其实没有得到和秋秋的联系是一件很好的事情，在这个世界的某一个地方，有一个一直让我牵挂的人，我想象她每天的生活，想象她的笑她的悲伤，祝福着她健康。或者在某个时间里，她还会偶尔想起我，想起我们一起度过一段时光，会在心里觉得我是一个闪闪发光的人。而不是现在，一直学习也并没有学得很好，还要因为学费休学的大男孩，可能连一个像样的礼物也没办法买给秋秋。

这样的念头在我心里，成了一种动力，反而会让我期待秋秋还没有看到我的信，一日一日，等到哥哥有了能力可以照顾秋秋的时候，再来看到哥哥对你的这份心意。

　　只能更加努力地学习，希望再回国打工的日子，也不要把刚刚学到的中文忘记了，我也会努力尝试着用中文给秋秋写信，但是语句不通的地方，请秋秋多多指正。

14

　　春天是西安最好的季节了，当然也有人觉得秋天最好，但是冬天有雪夏天有吃不完的冷饮。所以季节在人的心里，还是跟着心情变换感受的。宓秋月在这个春天里感受到了属于这个城市的美，也是自己可以亲身感受的美。关了店铺的门后，她沿着黑了的马路一直走，闹市区的春天人很多，男男女女几个一起的可能是刚吃完晚饭在街上逛，也有情侣模样的，拉着手或者男的搂着女的肩膀走路的，也有匆匆路过，可能着急去赴约或者回家。天桥上总有摆着小摊的，天气暖和起来，摆摊的一个连着一个，卖袜子的，卖饰品的，还有卖一些小的生活用品。

　　每次路过街道，宓秋月都觉得像是有人在自己的心里唱起了歌。她终于有时间在自己的生活里走一走，可以停下来去看看周围的一切，可以不去害怕未来做一个普通人。除了工作之外，她还可以像以前一样，有了可以陪她喝咖啡的朋友，大家一起说某个明星的八卦，一起想说什么就说什么。刘苗淼一次都没有提过李俊哲，宓秋月自己也没有提过，只有端起美式咖啡的时候，她闻到那股热气里飘散而来的咖啡味道……她会觉得心里有些疼，深呼吸几下，可能就有了杨枫的微信，她又很快地回到了现实中。

　　张倩在一家电视台做编辑，其实就是录节目的时候照顾一下各方

面的人，有时候会跑跑业务，她是考试进去的最后一批正式职工，在台里不像其他人有压力，三年要签一次合同。她来看上的衣服，宓秋月都不收钱，她都会悄悄地把钱塞这里放那里的，也经常带着台里的朋友来买衣服，还专门让几个主持人在微博里推荐了她。生活里的事情比故事里的事情更戏剧，以前那个天天要找着吵架的张倩，现在居然一心一意地帮助她。她称自己是一个天生"是非"的人，特别适合做"狗仔"，可是觉得这个职业靠着挖别人的"秘密"来生活，活得太提心吊胆了。宓秋月羡慕她，也羡慕刘苗淼，虽然大家在一起玩的时候，看似没什么不同，也许在她俩的心里也没什么不同，但是对于宓秋月来说，是一种完全无法说清的感受。

两个人除了她之外还有其他的朋友，大学的同学，现在关系好的同事，最重要的是他们都有一个属于自己的家。宓秋月的生活只有一个小店，每天忙忙碌碌的，也和一些客人整天聊天，但他们之间的关系是以生意作为前提的。每天她收拾了一切回到家里，那个家也并不是自己的，虽然也总是做着合她口味的饭菜，家里的家务也都不让她做，可是这里毕竟是一个男孩的家，她住在这里总有一种不清不楚的感觉。

她总是在心里给自己好的暗示，最坏的事情都已经熬过去了，现在还有什么不满足的呢？她没有想到自己的生活现在需要这样一直给自己打气才能过下去。

开始了赠送衣服的活动后，确实带动了一些衣服的走量，但是以前可以稍微标高价格的时间已经一去不返了，越来越多的人都喜欢到淘宝上买衣服。同样的衣服，如果淘宝能找到同款，确实便宜很多，毕竟店铺的租金等等要比淘宝多多了。从前宓秋月都是一个月一次北京一次上海，生意好了一个月一次广州，生意不好了就两个月一次，但是现在环境不一样了，她基本已经不去北京了。

这个商场里大部分的商户都是在北京进货的，进货的地点就是北京动物园附近的服装城。优势在于从西安到北京的路费最少也最方便，过夜的火车坐一夜，早上六点到了北京，车站就有公交车直接到动物园。进货的地方也比较集中，就在一个商场的地下一层，一早上可以转两遍。北京的货都是商户老板从广州挑选的，当然会加一些价格，但都是被选了一遍的，衣服大部分都会好看一些，最重要的是在北京拿货，很多只要求拿两件就可以，不容易积压，可以多搭配一些单品。也是因为有这些优点，所以西安的小店铺基本都是选择来北京进货，这样一个商场里每家都会有一些款式是一样的，没有新意，价格上也没办法卖出自己的优势来。网购的趋势越来越明显之后，在这里拿货就更没有什么优势了。

比起北京，上海七浦路的货品样式要多一些，有两栋楼可以拿货，这里的货就不只是广州那边的了，有很多外贸的货品。尤其是秋冬季节，很多外贸的毛衣，款式非常特别，而且每次来这边，很多批发档口的老板都很时髦，普通的衣服被她们搭配起来，就有了不一样的卖点。比如长款背心衫裙，一般都是里面穿一件吊带直接当一件连衣裙来穿，宓秋月就看见档口的小妹把里面的吊带打底抽出来，自己换一个短款吊带，黑色的纱裙里面穿破洞的牛仔裤，可以穿短裤也可以穿长裤。只要身材还可以，这样穿起来马上就是不一样的感觉了，简单的纱裙就穿出了不同以往的感觉。就这个搭配一发出去，裙子几乎能穿的人都要了，顺带着还卖了快一百条牛仔裤。还有一栋楼全部是韩国货，一般要是时间允许，她就去那边转一下，但是很少拿货，韩国货的进价基本上就是她一般的卖货价格了，拿回去害怕会砸在手上。只有偶尔有一些打折特价的，她会拿几件。

张倩给她介绍了很多电视台的客人后，如果她来上海，每次都会去卖韩国货的那边楼转转，熟客会说想要哪一类的衣服，她看到了就拍拍照，如果喜欢给她们报了价格，就直接给她们买了。这些货反而挣不上钱，一件就加个八十或者一百，不过回来她可以穿着照个版，

有人要了也可以发货，能一直让老顾客跟着她也不容易。

去广州的路费最高，怎么都要坐飞机，虽然找特价的，但还是会贵一些，而且去广州最累，光一栋楼一早上逛下来时间都很紧张。广州就是衣服款式多，拿货也便宜，可是选款的时候压力也大，一次就要拿十件。不过现在每个月宓秋月都要做送十二件衣服的活动，所以每个月必须来一次广州。

有一次她和刘苗淼、张倩聊天，说到她们之间的不同，她就说，自己比她们俩更爱钱，她希望可以赚钱给父母一些补贴，也希望能早日还了杨枫父母的钱。张倩的嘴比较快，她说其实每个人都爱钱，不过她倒觉得宓秋月不是真的爱钱，只是给自己增加了很多负担，一直心理暗示自己。要她觉得，宓秋月反正是要嫁给杨枫的，开店的钱她没必要这么在意。

"我觉得你这样说不对，凭什么说秋月必须要嫁给杨枫？"

"为什么不嫁给他？"

"你自己喜欢你自己嫁呀，谁规定他帮了秋月就要嫁给他，是旧社会卖身了？"

"你这样说话就不对了，什么是我喜欢，我喜欢我当时看到秋月有困难，我干吗要去找他？我怎么那么傻。"

"你就是自己八卦，为了满足自己的好奇心。"

"你为啥老是针对我，和我吵架。"

"我没有呀。"

"感觉你什么都想着宓秋月。"

"你俩怎么又吵起来了，咱们都多大了，说我这么惨的经历，你俩还当成话题吵架了，也不怕我心里难受？"秋秋赶快插嘴，不然两个人又别扭起来了。

"我怎么这么不高兴，和你们俩在一起，我老觉得自己有种第三者的感觉。"

"我的妈呀，我才觉得自己是第三者好不好，你们两个大小姐和我一个卖货的小妹在一起，我都感觉自己是为了蹭上位。"

"懒得理你。"刘苗淼低着头嘟囔了一句，这就算是各让一步的意思了。

"你俩说得都没错，我觉得我会嫁给杨枫吧，除非他有了别的选择，经历这些事情，可能是命运的安排，也可能是缘分的安排。如果在一起，是因为他帮了我，也不是因为他帮了我，反正相处这些日子，觉得他人真的很好，他家人也对我很好，所以我更想把钱还了，这样也不会觉得我是因为这笔钱才和他在一起的。"

"你的想法就不对。"张倩插着话也要说："现在人结婚谁不是为了钱，不不不，我不是这个意思，我的意思是都会要看对方的条件，女孩要求对方爱自己，在这个基础上你也不能是个穷光蛋呀，你没有钱，我们温饱都成问题，怎么结婚生活？难道就是因为我爱你？"

"这个我同意，你要是把杨枫帮过你，把那些开店的钱当成是压力，我觉得你的想法就是有问题。刘苗淼上一个男朋友给她送一个包还一万多呢，她后来说分手就分手了，也没人觉得包应该还给他呀。"

"收个包怎么了？我们同事还有人送车呢？后来说分手就分手了。关键是看心理，当时我又没要求你买，而且我也是本着想和你交往能结婚的态度，可是后来不合适，这就不能怪我了。"

"能不能不要围绕我的事情一直说了呀，我的头好大。"

"你要一直那么在乎借钱的事情。要不我俩把钱借给你，就当我俩投资，咱们把店铺股份划分一下，当然你的劳动也算股份占个大头，我们也跟着你赚点钱。"

"你哪有时间和精力管店铺，人家秋月自己忙了半天，钱还要分给你。"

"我可以介绍客户呀，我也可以周末看店呀。"宓秋月看着两个朋友你一句我一句的，一个是自己从前最好的朋友，另一个是上学期间最喜欢找她麻烦的同学，现在三个人却成了最好的朋友。她的耳朵里两个人的声音越来越淡了下来，张倩的模样一点点地覆盖住声音，从眼前这个立体的画面里凸显出来。

张倩烫了头发，染成酒红色，根部已经长出来了一些，今天的头发应该是专门打理过的，头发卷曲的弧度非常好看，一般的染烫是不会出来这种效果的。穿了一件V领的衣服，V字领那里有三种颜色，衣服是偏长的款式，盖住屁股，蕾丝的质地里面穿了一个背心，胳膊上的肉是若隐若现的。她喜欢涂深棕色眼影，眼线也稍微长出眼尾一些，戴了一个灰色的美瞳，一眼看过去就知道戴了隐形，不过很漂亮，是那种洋气的漂亮，或者用耀眼的漂亮来形容也可以。她常年都嫁接着长长的睫毛，还有永远都涂着指甲油，她还喜欢戴戒指，最多的时候一双手上戴过六个戒指，但是并不俗气。左手从食指开始一直排列下去，都是差不多纤细的环，偶尔有个小图形在指环上面，都非常精致，右手的食指上自己叠加的戴了两个戒指。可能男生看到她只会觉得好看，但是女孩看到了都一定会多看几眼，看看她手上的搭配，看看她衣服的搭配，再看看这个人是怎么把这些东西都穿在身上，不仅不凌乱反而觉得很时髦。

宓秋月看着她，突然很羡慕。不是嫉妒，是羡慕。她羡慕她的这份洒脱，如果不是有着这份对生活的洒脱，她也不会这么敢穿，也说明她对生活的那份热爱，让她可以对生活充满好奇。如果她拥有这样的性格，在面临生活给自己的障碍，是不是她会更胆大一样？可是谁也不会成为另一个人，如果自己是这种性格，李俊哲也不会爱上自己了吧。与其让他突然面对一个不一样的自己，还是给他留点美好的回忆不是更好吗？几年过去了，他也毕业，有了属于自己的新生活了吧，模样变了没有？今生还那么久远，大概再也没有见面的机会了吧。

"张倩，你是射手座吧？"

"不是呀。"

"你听没听我俩说话，咋一下说星座上了。"

"没什么，突然觉得张倩应该是那种会爱一万个人，但说走就走的性格。"

"你这为了岔开话题也太生硬了吧？"

……

首尔来信第 333 封

　　哥哥已经办好了下学期休学的手续，虽然很多的舍不得。从不熟悉到现在像是另一个家一样的地方，要离开一年，真的很舍不得。学校里的树木、小路，我发呆时候自己坐过的长椅……有了这种情绪的时候，我都会想你，在你知道自己要离开韩国的时候，你有没有想把以前喜欢和熟悉的地方都转一遍的感觉呢？或者秋秋已经再一次回到韩国了，去了我们一起上学的地方。

　　如果秋秋不喜欢我，那么也不会约我去咖啡馆对吗？也不会给我一个吻就离开。虽然讲给别人听的话，会觉得是一件很浪漫的事情，但我发现其实讲故事和真实的事情有着非常大的区别。听故事的时候会被某个瞬间打动，会想如果是发生在自己身上的话那该多好，哪怕仅仅只是那一瞬间的事情，可是当事情真的发生了，虽然自己也会觉得那是一份幸运，可是漫漫的日子，尤其是一个又一个的夜晚，还是要自己度过。

　　我的一个朋友家里开了连锁的餐厅，他告诉我可以去他们家的店里工作，还有一个好朋友在韩国的乐天百货工作，秋秋可能对他有点印象，就是个子很高很瘦的舍友，他说百货的楼上是免税品的商品，来这里买东西的都是游客，而且中国人很多，我会一些中文。但是现在哥哥还没有拿到学位，不过中国的大学和韩国的大学都可以给我开证明书，能被这里录用，一方面我可以赚更多的钱，另一方面还可以使用中文，也算是对我学习中文的一种实践。

　　秋秋是家里唯一的孩子，又是小公主，希望你永远都不会为了物质生活而辛苦和操心，也希望有一天当你再遇到哥哥的时候，我也可以做那个有能力给秋秋幸福的人。

15

听了张倩的建议，宓秋月决定尝试着开一个淘宝店铺。两个女孩在一起的时候可能就是敢说敢想，但是三个人在一起的时候可能就会敢想敢做了。店铺的申请可以说是零成本，但是你要上架衣服就要有第一笔钱来进货，宓秋月预计了一下，最少要有二十个款，夏天快到了，衣服很轻薄，暂时不用租房子当仓库。去广州的话，一个款十件，也就是两百件衣服，下来预计两万多的货钱就够了。

三个人计划了一下，每个人出一万块钱，分成的事情按照三三四的比例，宓秋月比他俩多一成的分成，因为日常的发货都是由她负责，淘宝的客服三个人都挂在上面，谁在线谁就回答。第一次衣服的照片根据选好的款式，三个人平均分配一下。比起第一次开实体店，这次要轻松很多，宓秋月这些年也算是摸清楚了一些卖服装的规律，但是受到网购的冲击，生意想要有突破非常难，而且要不是老顾客撑着，估计生意也下滑得厉害。可是和第一次开店不一样，那时候是没有办法，必须要拼一次，但是这一次是可以做或者不做的事情，心理上她斗争了很久，一是肯定会分散她的精力，二是她觉得大家都是好朋友，害怕做不好连朋友也做不了。

她给妈妈打电话的时候说了自己的想法，妈妈倒是觉得她可以试试，而且好朋友在一起，她们两个人本来就有工作，所以让她多做一

点，朋友之间只要不是吃大亏，谁干得多一些累一点都不是什么。"妈妈给不了你什么帮助，你自己在西安肯定也很难，你也没有兄弟姐妹，有个朋友还是非常重要的。妈妈希望你能开朗一些快乐一些，人生劳累一些，只要不是辛苦到拖垮了身体都是可以的。这些年你也不容易，但是妈妈可以感觉得出来，你不是仅仅懂事了，而是真的长大了。"

宓秋月挂了电话，她把身体靠在摆着一排衣服的架子上，也靠在那些衣服上面，她的嘴里吐出一口气，和以往的叹气不同，恰巧相反，她的这口气让她浑身觉得轻松起来。随着和妈妈的聊天，她发现自己真的变了很多，不是说自己长大了，或者性格改变了，而是她缺失的人生一点点随着好朋友的回归渐渐地都走入她的生命。聊天的时候聊到明星的八卦，让她注册的微博，没事的时候看看热搜看看新闻看看时尚。她们说到电影特别好看的时候，她也开始去搜介绍，如果特别感兴趣的，也会和杨枫约着去看电影。她发现自己在店里的时候，从前没有客人来的时候她就是发呆，可是现在她会戴着耳机听歌。

妈妈说得对，她没有兄弟姐妹，除了杨枫生命里没有其他人，每天回到的家其实也不是自己的。这么久而久之，她已经学会了把自己封闭起来。而朋友似乎就是她人生的一个突破口，有了朋友，她单一的生活开始变得丰富起来。

"可能突然说这样的话很矫情，但我现在靠在店里一大堆的衣服上，这些衣服没有温度，它们被卖出去，穿在体质热的人身上，衣服就暖和起来，穿在体寒人的身上，衣服永远都是冰冷的。当然它们更多的时候是为了让一个人看起来更好看。我每天都希望它们早日离开我的店里，倒不是在意它会给什么人带来温暖或者让她看起来更漂亮，我只是希望换来生活需要的金钱。很长的一段时间里，我根本就没有生活，我的生活就是如何把自己的一切变成金钱、时间和精力，或者是思想……我也不再奢望自己可以遇到爱情或者遇到什么朋友，家庭的变故让我自卑又敏感。而你再一次走进我的生活，几年过去，我们

都改变了不少，而几年之后我们的关系还是像从前一般。现在我们要一起开店了，我有点担心，害怕自己做不好，害怕因为这件事情失去你，我只希望不管遇到什么事情，我们的情谊不会因为金钱改变。"

这条信息发给刘苗淼好后，她接着点到和张倩聊天的页面。可是她一腔的感情却不知道要说什么。是从那个下着小雪下午的路边开始，还是从她领着刘苗淼来店里呢？

"未来的路还很长，感谢重新认识你，也感谢你给我的新生。"

"乖乖，你是发错了还是精神错乱了。"张倩回复的速度真快。

"那我撤回？"宓秋月学着俏皮一些的方式说话。

"本来我刚乍一看还挺感动的，但是仔细一看就觉得有问题，什么是重新认识你，我以前让你超级不喜欢吗？"

"哈哈哈，来客人我去忙啦。"

"你话不说清楚别想走。"宓秋月的身体渐渐直起来，她攥着手机，一种愉悦的快感一阵阵地在她身体里流淌开来，她的嘴角眼角都禁不住溢出笑容来。当她发现自己的这种快乐，宓秋月更加快乐了。一种新生的感觉，一种未来在向她召唤的感觉，一种憧憬生活的感觉。她把手机放在椅子上，蹦跳着起来，对着那个每天拍照的镜子，很久没有这样看看自己了，不是为了找到一个好的角度拍照，只是单纯地看看那个属于自己的身体，那个应该有着自己灵魂的身体，哼着的歌曲从身体里钻出来，和洋溢出来的那些笑容一样，在这间小小的店铺里。

有些时刻是属于自己的，一瞬间里，一切都变得好起来，开阔起来，当然也会有相反的时刻。

可惜生活里并不像电影，可以在屏幕上同时出现三个人在同一个时空里的画面，把三个人的命运在这一刻捆绑在一起。刘苗淼正坐在办公桌前，把一组数据输到表格里，手机上一条信息就蹦了出来。她心里正被这些数据搞得心烦，想着谁还这么不长眼，但是心里又禁不住手机的诱惑，还是忍不住点了进去，看到占满屏幕的语言，刚才还

气鼓鼓的情绪变成满满眼泪，她的嘴里念叨着"讨厌死了"，手本能地去擦拭眼泪，一把没有擦干净，翻过来又擦了一遍。

"真是早不来煽情这会儿来，本身就这么忙的。"她把手机屏幕重新扣在桌子上，想集中注意力把电脑前的数据搞清楚，越是忍着越是忍不住，因为是上班时间，她干脆趴在鼠标前面哭了起来。虽然每个人的伤心事都是千差万别，但都容易被别人的事情感动，以至于自己的情绪受到影响。其实更像是一面特别的镜子，镜子里是别人照出的却是自己。

"其实我明白你的意思，每个人都不是完美的，上学的时候我带着一点对你的嫉妒。遇到发传单的你，可能带着一些幸灾乐祸，但是很快的我又对你巨大的落差带着一丝同情。怎么说呢，大家都在改变，可是我觉得，只有自己越来越好才是真的。另一方面，我也是打心里佩服你，我们都是家里的唯一，谁也无法面对命运带来的巨大转弯，但是我从你身上看到了这个转弯，你没有因此被甩出去，你只是接着走了下去，给我内心很大的力量。和你一起开淘宝，真的也是为了让自己的生活丰富一些，更期盼我们可以成功。"

收到张倩信息的同时，宓秋月的信息也发了过来，她说了很多很多的话，很多很多关于自己的话，关于过往的话，最重要的一点是她告诉刘苗淼，曾经因为她遇到变故，突然消失在她的世界里，她也有生气过，但是她能理解。她希望以后的日子，必须是最好的朋友，无话不说，尤其不要为了利益放弃了彼此内心的那份感情。

首尔来信第 388 封

　　不知不觉，已经写了好几百封的信了，虽然也并不是每一封信都很长，但确实也记录着很多哥哥的过往，今天翻着看了一下，真的不敢相信哥哥有那么多奇奇怪怪的想法。大部分的内容也都好像是自己的心情日记，那么秋秋看起来会不会觉得就是流水账一样的无聊呢？

　　和哥哥关系很好的那个女孩今天问我一个问题，她说为什么我没有交女朋友，是因为不喜欢中国的女孩吗。我听了之后笑了很久，我告诉她是因为我太喜欢中国女孩了。但是当我一个人的时候我就想，我喜欢的是一个人，不是因为你是中国人或者韩国人。在中国生活久了，了解到国家和国家之间的文化有着很大的差别，但是每个人都有自己的思维，所以人和人之间实在是千差万别，我太喜欢的你或者曾经也喜欢过哥哥的秋秋，我们喜欢的就是这个人，和身份标签并不是很有关系。

　　不过哥哥现在认识了那么多的中国朋友，他们有的姓李有的姓王有的姓刘，可是没有一个人姓宓。所以有的时候我也想，这么特别的名字，如果在网络世界发帖子找秋秋的话，应该会很容易就知道你的消息吧。可是现在我没有告诉任何人我来中国学习的原因，秋秋毫无音信地离开，可能是有你自己的苦衷，也可能是想逃避的事情，如果想要找到我，就不会故意地躲开，我应该尊重秋秋的意愿吧。

　　抱着这样的疑问和希望，寂寞的生活就不寂寞了。

　　非常想你的第 388 次。

16

　　"明早我们在街对面吃早饭，店看起来很小，其实是老字号，粉肠特别好吃。"

　　"不是六点就要起来去进货吗？远不远？来得及不？"

　　"走路十几分钟，我们晚一会儿，不然那边只有小摊吃饭。"

　　"小摊就小摊，没事，不要耽误了事情，不是本来就一早上时间。"

　　"不要，我第一次来广州，我想尝尝老字号粉肠。"张倩把鞋子甩在地上，半躺着说。

　　"把你鞋子放好，屋子这么小。还有我们是来干吗？中午忙完了再吃。"

　　"小秋月已经说了，不着急的。"

　　"你问问她以前她自己来是等着在对面吃了早饭，还是去进货的市场门口吃饭的？"

　　"你俩快洗漱吧，明天五点半就要起床。"

　　"其实还好，还能睡四个小时。"

　　"你明天要走一早上，而且眼睛脑子一直都跟着转，到时候你就知道累了。"

　　"你们先洗吧，我精神大，我其实特别兴奋。"

　　"我也好兴奋，哈哈哈。"刘苗淼说完这句话，宓秋月已经去洗手

171

间开始洗漱了。等到刘苗淼去洗漱的时候，宓秋月又提醒道："睡前你们把东西收拾好，我们进货的时候东西随身带着，等我们收完货打包好邮寄了，差不多要两点了，退房时间是……"

"别啰唆了，这些话之前不是都说了。"

"哦，那我先躺下了，你们抓紧时间。"宓秋月说完就躺了下来，在飞机上已经睡了一会儿，但是这会儿也到了犯困的时间了，等到她有点迷迷糊糊的时候，刘苗淼钻了上来。

"咱俩一起睡。"

"嗯。"

"以前一直说一起旅行呢，现在也算是变相的了 。"

"睡吧，好困，明天说。"

"睡觉了，明天还忙呢，早饭都不让吃，这会儿影响别人睡觉。"

"懒得理你。"

……

闹钟响起来大家都第一时间起来了，没人赖床，收拾得也特别快，就是张倩嚷着千万别遇到熟人，这个素颜实在不敢被人看到。到了楼下对面的餐厅才开始开张，说还要等一会儿才能吃，大家拗不过刘苗淼就直接走了。听了宓秋月的建议，都背了一个很小的双肩包且背在前面，放了很少的现金和一天用量的护肤品。张倩害怕被晒黑穿了一个长袖，这种湿热和北方的干热不同，走了不到五分钟感觉浑身都是黏糊糊的，张倩嘟囔着穿了一件雪纺的衣服不透气又唠叨着希望可以遇到什么样的款式。路两边的店铺一间挨着一间，有一条路上都是卖布料的，宓秋月说希望有一天可以自己打版做衣服，到时候从款式到布料都要自己选，虽然会很累很麻烦，不过那样肯定特别有成就感。

走了一会儿就开始有人拉着她去打包。宓秋月解释说是去另一个叫沙河的地方，是批发衣服的，那里的衣服更便宜一些，不过不能挑款式，都是打包好的一大包多少钱。也开始有卖早餐的小摊，有卖粥

和油条的，还有卖夹馍或者肠粉的，宓秋月说到了批发市场门口卖得更多，可能会占到座位。张倩依然为了就要亲眼看到的服装批发市场激动着，刘苗淼一句话都没有说，她时不时看一眼身边的宓秋月。这几年不见，其实大家都有了成长，也比从前成熟和懂事一些，可是看着她这么熟练地安排和做着每一件事情，还是让刘苗淼心中有无限的感慨。陌生城市里熟悉的人，会容易产生似曾相识的幻觉，好像正在发生的一切是曾经经历过的，模糊的记忆无法让一切真实的还原，好像做过一样的梦。

宓秋月告诉她们过了马路的那个高楼就是进货的地方，路的这边集中了很多小摊位，有几张小的桌子。张倩的眼睛尖动作也快，看到一张桌子上没有人立刻就坐了下来，还迅速用手把其余的两个小板凳拉到自己身边。

"你们给我买啥都行，这里我先占着。"

"好的。"刘苗淼喊完，接着就先端了两碗皮蛋瘦肉粥，用塑料碗盛着的，她一边喊着烫死了一边端了过来。宓秋月在另一边等夹饼，招呼她俩先吃，她就吃个夹饼，等她拿了夹饼过来坐下，她们两个拿着塑料勺子一边吹一边喝着，都嚷嚷着太烫了根本喝不进去。张倩干脆放弃了把碗往一边推了推，自己拿起夹馍准备吃。注意力都在吃饭上，要不是刘苗淼的尖叫，估计谁也不会注意到。

"怎么了？"

"那个人把我手里的夹馍抢走了。"

"哪个？"

"别担心了，我去给你再买个，吓到了吧？"

"我的天哪，简直不敢相信，怎么可能是真的。你看你看，他还在那吃呢。"

"小声点，不说了，走吧走吧。"张倩说道。

"这还有没有天理，怎么……"

"走啦走啦，乱七八糟的。"等到她们过了马路，到了大楼下面，刘苗淼还没有完全缓过神来。

"我们就站这里等下，十几分钟就开门了，你先吃这个。"

"怎么会这么乱呀。"

"其实你没什么害怕的，我以前有一次来，去另一个市场，那里韩国货多一些，夏天的时候带了一条金项链，被人一把拽走，脖子都扯烂了。不仅仅是当时害怕，事后也吓得要死，因为脖子出血了，担心是吸毒的人着急要钱抢的，害怕脖子烂了染上病，回来专门抽血检查了身体。"

"没人管吗？"

"这些年已经好多了，那个人可能太饿了，批发市场是稍微乱一些的。"

"谁说不要在对面吃饭的，现在后悔了吧。"

"好了，你俩别吵啦，一会儿就开门了，好多层呢，一二层就不看了，相对便宜质量也差一些，谁看到好看的招呼一声。人特别多，全是一个接一个的档口，你们刚来看着都差不多，走不见了还要电话半天找不到耽误时间。"

"嗯。"

"包包背好放在前面。"

人潮一起拥进大楼的感觉让她俩都有种进火车站的感觉，眼睛应接不暇地看着周围的人和店铺。先是几家卖手机壳的，还有一排排挂着的帽子和环形排开的商铺，每一个铺子都很小，门口的墙上就挂着衣服，有的门口还放着小桌子，上面铺着衣服。旁边的小妹站得高高的开始展示并吆喝，也有还站在那里吃早饭的。上扶梯到了二楼，绕一个圈就到了三层。

"这么多衣服怎么看得过来呀。"刘苗淼感慨了一声。

"好想给自己先买一些呀。"

服饰商城

"这里最少都是十件起拿，很少是可以拿五件的，只有上海、北京熟悉的档口才能拿一件。"到了三楼后，就不像楼下那么小那么混乱，店铺都是独立的，要走进去才能看到衣服。进了第一家，两个人就这件也想拿那件也要定的，宓秋月笑了笑勉强地定了一个小西服，主要是价格便宜。给了钱，开了单子，两个人很奇怪地问为什么不拿货。宓秋月告诉她你越拿越多，一会儿你根本就拿不动了，所以就是开好单子，最后赶在关门前到一楼，就会有很多"公仔"谈好多少家的货多少钱，他们对于商场也熟悉，很快就会帮你把货收齐了。

"拿货多少钱呀，我们三个人呢，自己可以拿得动吧。"

"这里五千家肯定有了，你走走就知道了。"

"能省的还是要省，咱们都不娇气。"这样的话仿佛还在耳边，几个人在这个大楼里一圈一圈地走下来，眼看着时间就过去几个小时，时间到了中午，要快点收了货，两点前都关门了就不方便了，这时候再也没有人说要省这个钱。宓秋月和一个公仔谈好价格，三个人就在大楼门前等着收货回来，除了她们还有其他人，张倩看到有人拿了一个塑料袋就坐下来了，她跑进去随便买了几个手机壳，她的目的是为了要几个塑料袋子，撕开找了一个靠着墙的角落，吆喝她们坐下来。宓秋月说渴了先给她们买点喝的，两个人都表示不仅是渴，主要早上吃得少又走了一早上，特别饿。

三个人就在广州批发大楼门外的墙边随地坐着，吃着宓秋月买回来的小黄瓜，喝着水，也顾不上墙是不是脏的，恨不得可以躺在地上睡一会儿。

"我现在就想赶快伸展身体。"

"不不不，我更想吃点肉。"

"体力活真是累人。"

"主要还是因为你俩睡得少，而且第一次太激动，什么都想看也看得仔细。"

"走了几层我都看不了，审美疲劳了。"

"尤其是到了楼上那些女的站在桌子上展示衣服的，我都有点害怕。"

"她们也很辛苦呢，都不容易。"

"那个网红真的像照片上那么瘦，就是整容太明显了。"

"她在这个楼上就三个档口呢,特别厉害也能吃苦,生了双胞胎。"

"人家这身材，真是当网红可以。"

两个人以为公仔把货收来了就没事了，这些衣服还要打包写好地址邮寄了。宓秋月说就是写地址打包，让她俩坐着别动了，很快，她俩也不好意思就跟着站在旁边。看着瘦小的她熟练地跟着另一个人把衣服一包包塞好打上包，讲好价格，半人高的一包货，拿着黑色粗笔在上面写好大致的地址和电话号码，心里都有种说不出的感觉。这种感觉里好像带着一些羡慕又有点心酸。张倩说自己原本搜了一大堆的购物商城，想着反正是晚上的飞机，要好好地逛一下，现在是给多少钱也不逛了，只想好好吃一顿找个咖啡馆歇着就好。

三个人打车去了刘苗淼搜好的餐厅，商场里有一家特别大的粤菜馆子。

"你俩这吃一顿加上机票，还没赚上钱先花上了。"

"第一次来广州，没时间逛还能不尝一下美食了。"

这是她们两个人第一次在咖啡馆睡着了，只有自己经历过之后才会理解很多事情，以前不明白"下午茶"这种活动怎么会有人在咖啡馆睡着了。

是呀，是因为太累了。

首尔来信第 422 封

离开北京的时间越来越近了，可是会有很奇怪的想法，觉得回到韩国工作后，会突然在韩国遇到秋秋。

也许是在路边的小咖啡馆，我正喝着咖啡，抬头看到不远处正在学习的女孩就是你；也许是在我工作的小餐厅，每天都在做饭的我没有时间出去看一眼，那天刚好想去外面透透风，走到门口的时候和秋秋面对面……刚来北京的时候，每天都是这样幻想，好像下一秒我转个身就会遇到秋秋。但是时间慢慢过去，这样的感觉就变了，有的时候觉得我们已经相遇了，但是我并没有看到你，你也没有认出来我。

现在，我要离开北京回韩国去了，距离上是和你更远了，但是我却开始出现以前的感觉，那种随时随地就要遇到你的感觉。

北京的天气热起来了，在我的脑海里出现的却是圣诞节晚上在寒风里卖气球的小丑，骑着车子拿着气球，艰难地向前走。可能哥哥的生命里，正在出现这样一段艰难的时刻吧。但是想想，这些都是生命里的精彩，也不是每个人都有出国学习的机会，也不是谁都会在内心里有一个希望或者是信念，让你感到没有错地向前走。最重要的是，也没有几个人可以遇到一个真实又虚幻的女孩子。

所以，我和秋秋这么说说话，每次不开心的情绪就缓解了，慌乱的心也得到了平静。虽然偶尔也会怪你再也没有信息了，可是更期待一个更合适的时候，再和秋秋相遇。

哥哥去学习了，为我加油！

17

虽然也在朋友圈里发了几组宣传，可是大部分人都还是问是不是可以来店里看看，除了个别几个本来就喜欢微信下单的老顾客。一个星期过去了，衣服卖了五件，且都是认识的老客户，并没有任何新的客人去看淘宝店铺并且下单。这和之前想的两周进一次货的理想差得太远了。宓秋月开始试着咨询一些开过淘宝的人，得知淘宝上主页是要付钱的，并且宝贝想有好的宣传，还是要买浏览量，每一个点击不管有没有最后下单，吸引来的人都是要给淘宝返点的。每一个宝贝都要卖得好有了评论才能吸引人，一般人看见宝贝没人拍也没评论，肯定是不会买的，买家还是会担心质量或者实物是不是差别太大。

她们两个可能没有思考这些，宓秋月毕竟做生意这么久了，还是会算一算。她觉得现在盲目的交钱上首页就是花钱，效果不一定好，一直这样恶性循环肯定不行，还是要先赚了钱才能想着投入。

于是她把家里的存货各拿了一些到店里，搭配着挂在比较显眼的位置，她想着如果有人喜欢，她就推荐人家去淘宝拍，承诺包邮。既然说了如果有留言看到的人会增加购买欲望，那就请买的人点评给返现。

这样陆陆续续地过了两周，进的衣服算是销售出一半，可是宓秋月算了算，她们淘宝的货虽然卖出去了，但是实际上她店里的销售并没有增加，而且因为淘宝的定价比较低，还每个都返现五块十块，不仅多开一个店销售没有增长，反而是减少了盈利。可是刘苗淼和张倩是比较开心的，因为看到自己亲手挑选的衣服，现在都挂在淘宝店铺上，而且开始有一条两条越来越多的点评，有了很大的成就感。两个人在群里每天都在期待着下一次进货的时间。上一次在广州的各种劳累，早就忘得一干二净了。宓秋月看着两个人这股热情，一直找不到合适的机会开口。只能每次都说还剩了一半的衣服，去进货的钱不够。

张倩几次建议剩下的货就甩货卖了算了，宓秋月告诉她如果一个月内就降价，买的人心里会接受不了，影响生意，还是要等等比较好。有几次她都想和杨枫说说心里的苦恼，可是觉得大家都是同学，万一杨枫一激动告诉她俩了肯定不好。到了自己店里该进货的时间，宓秋月都只好等等，她担心自己去进货她俩知道了会不高兴。人生的烦恼怎么一个接着一个，眼看自己生活步入正轨，还可以享受朋友在一起的那种快乐，可是就因为一个小小的淘宝店铺，也会冒出这样的烦恼来。

"我想这几天去一次上海。"

"周末吧，周末一起去。"

"对呀对呀，咱们也顺便进一些货。"

"但是淘宝还压了一半的货，这些钱别说进货，就连路费都不够。"

"那我俩自己出路费，你用店里的钱，少补一些货，搭配着卖。"

"对呀对呀，也许这样搭配着卖更容易把积压的卖出去。"

"进货钱不够我们也可以再投入一些。"

"上次你俩不是喊累得不行吗？这次怎么又着急要去了。"

"不是说上海可以只要一件衣服吗？"

"我想多买点自己穿的，就一起去吧，好不好？"

……

宓秋月真的很为难，其实她不喜欢周末补货，因为周末店里肯定比平时逛的人要多，一般都是周一去然后周末货就发回来了，刚好周末大家都能来。但是现在她们这么积极，她只好答应下来。

"去上海都是火车，睡一晚上你们可以吗？另外我的路费我自己出，我是给自己店里拿货呢。"

"好的好的，随便什么都可以。"

"火车不是硬座就好，硬座也没关系，宓秋月那么娇气都受得了，我们肯定没问题。"

看着微信群里她们激动的状态，宓秋月心里说不出的滋味，也只能装作快乐了。

不知道为什么，火车上听着轨道摩擦的声音，宓秋月的眼前突然掠过汉江的水面，阳光下一片耀眼的光刺进眼睛里，就像希望想起李俊哲却又不敢想起的那份心情。这不是她第一次坐这趟火车，一年里至少三十个夜晚她都在这趟火车上，她每次都睡得并不踏实，但从不胡思乱想。唯一在意的就是绑在腰上的那个包，每次都是两万块的货款，总是睡梦里突然惊醒，手下意识地朝着腹部摸一摸，发现确实在那里才会踏实起来。

她越是不想回忆，越是有画面从火车轨道的声音里传过来，心里就难受起来，一件事情勾起另一件事情，一个感觉牵动另一个感觉，她突然非常后悔和她们一起开店，忽而又觉得憎恨起自己内心的那份妥协。

夜晚和白天是完全的两幅模样，出了火车站和她俩坐在一起吃早饭的时候，宓秋月又开始为昨晚的念头后悔起来：无论如何，有朋友陪伴的感觉还是会好很多的。

因为她俩的时间不好安排，周末进货对于宓秋月来说已经晚了，所以她决定这一次要自己把货带回去，而且春夏的货本来就不像冬天的那么沉。

这一次来上海，她们俩心里特别满意。在宓秋月的劝阻下淘宝的货只补了三套裙子和一款风衣，每个货也不多就五件，但是她俩自己买了够穿一个夏天的衣服。很多档口一次要拿两件，所以她俩一个人

看上的另一个人就要一起买了。

回去的火车就是当天晚上，也是宓秋月一定要求的，这样还可以赶上周日卖一天新货。全部进完了货打好包。宓秋月花了些钱把衣服暂时寄存在打包邮寄的地方，她知道她们俩肯定不愿意早早就去火车站等着，所以就带着她俩去了周围的一家咖啡馆。上海进货没有广州累，拿货的时候也不是最后找"公仔"收货，这边是花钱雇一个阿姨，会拉着小车跟着你拿货，现场付钱货就拿走。

"和你们一起进货，我就可以跟着吃点好吃的。"

"你是因为货在这里寄存着走不远，不然上海好吃的咖啡馆太多了。"

"平时我都直接去车站了。"

"还有几个小时呢，就在车站待着？那么脏乱差的地方。"

"所以还说我是大小姐呢？"宓秋月一边说着，一边又用叉子挖了一块蛋糕。

"还以为自己不喜欢吃甜品呢，主要还是以前吃得不够好吃。"

"你可以随便吃呀，你这么瘦。"宓秋月继续吃了一口，看着她俩还在摆弄着新买的衣服，蛋糕的甜在口中融化，心里的苦却涌了上来。

自己最后一件新衣服就是杨枫买给自己的那件羽绒服了，虽然做服装生意这么多年，从来都是店里卖不出去的衣服自己留着穿，遇到过节过年，明明想好了要把这件留给自己穿，可是每次有顾客看上了，就先给顾客穿了。像女孩子这种拿到新衣服的喜悦感，自己大概一次都没有了。

"蛋糕很好吃，我再去点杯咖啡，你们还要什么？"

"你说你要什么，我去买。"

"刚都是你请的，你俩别客气啦。"宓秋月站起来，从楼上往楼下的吧台走去，有眼泪轻轻地滚落脸颊，她不想被别人看到。于是她故意把脸向上扬了扬，用这样的动作提示自己不要流下眼泪。她点了一杯很久都没有喝过的美式咖啡，老板非常热情推荐她尝尝他们的手冲咖啡，说如果她喜欢黑咖啡，可以试试手冲，手冲里的风味会更多一些。她笑了笑说自己只想喝美式。

那个心里的名字和人都已经越来越远了，越是回忆越是甜美，对比着现实更是伤心。宓秋月只能安慰自己，并不是真的记忆里的那个人有那么好，而是因为那段日子的生活比较好，和现在比起来，谁都想回到过去，而每个人都必须要成长。

首尔来信第 531 封

哥哥生病了，其实是热感冒，可是哥哥却以为是风寒感冒，所以穿了更多的衣服，结果嗓子越来越严重，还好是写信，不然哥哥都没办法说话了。

生病真的很耽误事情，头疼没有力气，也不能看书也没办法去打工，时间就被这样白白地浪费掉了，所以现在挣扎着起来给秋秋写信。你在干什么呢？如果秋秋感冒了的话是会立刻吃很多的药还是会直接去医院打针呢？哥哥不喜欢打针，这样会影响自己的抵抗力，但是为了早日康复，我每天都去校医院打两次针，而且再也不会去吃辛辣油腻的东西，就喝一些白粥。朋友告诉我这个是中国南方那边的一种，是把米饭压碎了然后加了水煮，还根据口味换成不一样的，有名的是皮蛋瘦肉粥。

秋秋喜欢吃皮蛋吗？生病了也会喝皮蛋瘦肉粥吗？我从来没有吃过皮蛋，鸡蛋怎么会变成有点透明的感觉呢？还有就是咸鸭蛋，不过这个是鸭蛋了，并不是鸡蛋。

好想摸摸秋秋的头，生病了是不是能得到安慰，哥哥像个小姑娘一样和你撒娇，是不是看到生病的我，秋秋会心疼我，所以回信给我呢？真的好期待呀，真的好想你呀。

还是收回刚才说的话吧，我觉得秋秋喜欢的是非常男人的男人，不喜欢病恹恹撒娇的男人。虽然很想你，也很担心秋秋和别的男人在一起了，但是如果没有一个人喜欢秋秋，愿意照顾你的话，我也会很担心，这种矛盾的心理要怎么办才好。

我还是少写一些废话吧，万一秋秋一直没有看到信，突然有一天打开邮箱，结果每一封都那么多废话，可能会无聊得看不下去了。

185

18

很多事情都有第一次，宓秋月第一次撒谎的时候不声不响，大概就是因为这种犯了错也不被察觉不受任何惩罚的心理，才会有了更多的第二次。

当三个人坐在一起不是嘻嘻哈哈地聊天，就是拿着本子对账的时候，宓秋月自己心里知道她是不可能把钱的事情说清楚的。起初她把淘宝的衣服拿到店里卖，是出于好心，也是让客人上淘宝来拍，增加网上销售。那次的货还没来得及拍照上网，直接先挂在店里卖了，结果卖得特别好，而且她是按照在店里卖货的方式加钱来卖的，比淘宝定价要贵了一些。当天拿着本子记账的时候，说不出来的心理，就让她每件衣服并没有按照卖价写在上面。那一刻她很想画了改回去，心里却有声音说：改了再写可能让她们看了更觉得疑心，索性就这样吧，反正只是第一次，也没几百块钱。

……

之后就像中了邪一样，只要是店里卖的，她一定会从每件衣服上扣掉一些钱，宓秋月也有自己的想法，从第一次的自责到后来她觉得自己店铺本来就是有房租的，自己又为什么不能多加一些钱呢。这样几次进货下来，做淘宝的账就和自己店铺的混在一起了，加上自己店铺的生意越来越下滑，宓秋月就习惯性把淘宝货卖了后就扣掉一些钱

补到这边的收入里。她的心思也完全没有在淘宝上，她们两个也是完全不懂做生意，只图一个进货的时候一起去可以逛可以玩，偶尔打开她们淘宝的店铺，看到上面也还是有销量的，更多的也就没在意。

她把账本打开来让她俩看，就是每卖掉一件就写卖了什么以及多少钱，然后就是那天进货花了多少钱，下一次进货的时候花掉多少钱。就这么卖掉一些加上一些，他们投入的钱也就没剩下多少了，只剩下一堆积压卖不掉的衣服。和准备开店时候愉悦的气氛没法比，她们两个人你看看账本翻几页，另一个又拿着账本翻着看几页，三个人都不说话了。

"我店里的生意也下滑得非常厉害，以前进货一天能卖到快两万块钱，现在一次比一次少，网络太发达了，很多人来试了衣服，就在里面偷偷照一次标签，其实不搜标签打关键字搜样式也能出来很多衣服。"

"对呀，可是为什么我们的淘宝卖得也不行。"

"我之前也问了一些人，做淘宝的货都是直接从工厂订的货，很便宜，而且淘宝想要被人看到也要花钱买流量，找人刷单。可是我们一是衣服款式有限，二是我们也不可能花很多钱去刷这个，以前我一直想等赚钱了再用赚的去做这些事，可是……"

"要不我们再投入点试试？"

"如果秋秋觉得资金上有问题，我俩先再投点？"

……

这一刻，宓秋月心里是什么滋味呢，她俩每说出一句话，宓秋月的手心里就冒出一点汗来，怎么咖啡馆到了这会儿还不放冷气呢。

"不是不是，因为夏天就是淡季，市场有一个月都不进货，这时候投入不太好，而且我们都一直在赔钱。"

"看来钱真的不是那么好赚的。"

"淡季？那你是不是可以休息了呀？"

"我早就和刘苗淼说等你有时间了我们休个年假，我们一起去韩国玩玩。"

"对呀对呀，你会韩语可以当向导。"

"机票和住宿我俩全包了，开淘宝这段时间，我俩啥都不操心，不管赚钱没赚钱，你辛苦了，我们应该请你去放松一下。"

……

宓秋月走出咖啡馆，天气虽不算炎热，但也是太阳当空照，没人愿意在这样的阳光下多待一会儿，她觉得自己从脑子到身体都在发出响声，就像是流淌的血液突然发出声音一样，而那声音不是"哗啦啦"的水声，而是工厂里机器的轰鸣声。她被自己身体发出的巨大谴责声震得要晕倒了。

她继续迈着步子，一步比一步沉重，她的脚把自己的身体往下拉。宓秋月蹲在地上，眼泪一滴一滴打在水泥地上，她的难受却不像眼泪蒸发得这么快。她不知道刚才坐在那里时间是怎么过去的，好几次她都想停下来，请她们听她说话，每一次鼓起的勇气都还没到嗓子眼就被咽了下去。她在那几十分钟里看到自己的自私和渺小，当然还有自己的贪婪和懦弱。

此刻她没有怨恨命运，她怨恨自己。她想到杨枫。她又想到李俊哲，她觉得自己再也没有理由想着他了。她又想到杨枫，想到他们在小屋子里的第一次，这时候她越发理解杨枫了。人都是自私的吧，人的感情，人的一切，我们接触别人，永远都看不到这个人的背面。

向自己认错很容易，但是当着别人的面认错就难了。宓秋月不仅不敢告诉她们，她甚至连自己的妈妈连杨枫都不敢说出来。她从地上站起来，平复了半天的心情又因为这样站起来有点晕眩，内心的那份谴责和身体受苦都让人受不了。

她开始盘算着补偿她俩一下，说要一起去韩国，她想给她俩把机票买了，可是自己身上就几万块钱，这次如果去韩国，她想去东大门看看，赶在秋季第一次上新，上一批韩国的衣服，这样在商场里他们家也算是比较特别的了，生意越来越不好做还是要试试。

肯定也不好意思向杨枫家里要，但是一定要解决三个人的机票。现在眼看着就是淡季了，生意也确实一天不如一天，究竟怎么样赚回这些钱呢。以前听说过"人穷志短"，如今她也明白了，自己居然会昧着良心拿了朋友的钱。可是拿不出钱的时候就是拿不出钱，没有办法的时候就是没有办法，当然她知道这样都不是借口，她也告诉自己不能这样，所以这一次无论如何，她都要把这次去韩国的机票想办法弄出来。

她唯一有的就是一堆衣服，进货的时候是花钱进回来的，可是卖不出去的话就是废品，因为做淘宝上的货都是每款十件进来的，所以剩得还是比较多的，如果能把这些货便宜地卖出去，还是可以换回一些钱的。一个人手里攥着这些东西，任她有多难的事情，没办法的时候还是没办法。每每这样，她都会想起那个冬天，她生病躺在小阁楼的情形，想起一家人过得那个不像年的年，她都会告诉自己最艰难的时候都过去了，还有什么事情是不能坚持下来的。

只要人愿意勤奋，只要人的内心里有一股向前的劲儿，日子就不会过到绝路。宓秋月想了两种方法，一种是在熟人里做活动，一种是去学校门口摆摊儿。

"本来应该是年终福袋活动，因为衣服有季节的分别，所以本店半年一次的福袋活动开始，分成九十九和一百九十九两种价格，报尺码转账，福袋包邮送回家。肯定超值，里面任意一件的原价都超过福袋的价格。"

她在朋友圈发了这样的信息后，试探性的短信就就来了，几百条微信根本都回复不过来。做这种小生意就是一个心细，她拿着手机，至少两小时头都没抬，只要是转账的，她都赶快把名字记在小本上，还会问问顾客具体想要哪种衣服，也都备注好写在名字的后面。宓秋月知道这些年她卖的大部分都是老顾客，即使是福袋，肯定是收到了自己喜欢的才高兴。就一天的工夫，她微信就收入了三千多块钱。她随意地截图几张，模糊掉头像人名，说自己几小时没抬头了，现在先去包福袋，离开手机两小时，请大家不要着急。

她就开始拿着本子整理衣服，这个说希望多点下身的搭配，那个说想要一件衬衣，另一个又说希望是裙子，不过包装起来还是挺快的。

宓秋月为了不会弄错，都是照着本子包好一个就写了地址粘上去，本子上画掉这个人名，再写下一个……只要心不太着急，做事情不要手忙脚乱的，她觉得包起来也很快，也可能是收钱收得高兴，都没有累的感觉。

等弄好了这些，再看手机的时候，又是几百条的信息，还有的已经直接转账过来了。当然也看到了杨枫好多条的信息，她着急回复客人，直接给他打了电话，说自己比较忙，杨枫还想说，她就挂了电话，说晚上见面了再说。

忙起来时间就这么过去了。宓秋月心里高兴，这些天来让她寝食难安的事情总算得到了解决。渐渐暗淡下来的内心像是点亮了光，她靠在店里的墙上，两条腿伸了伸，后脑勺在墙上发出咚的声响。

"自己的日子会越来越好的。如果生活中遇到挫折，只看到自己悲惨的一面，自然就不会有好的事情来找自己。人大概也是带着一种气场，如果自己的气场充满了正气、阳气，店里的生意也会变得越来越好，自己的生活也自然会变得越来越好。"宓秋月的脑海里浮现出这样的想法。

"幸亏自己很快想明白了，不然这样下去，原本刚刚正常起来的生活，刚刚有的朋友都会被自己全部败光了。"她深呼吸了一口，准备拿起手机继续回复客人。

"不知道你还记得我们准备一起做生意的时候你发给我的那条信息吗？当时我正在上班，忙得手忙脚乱，被你这条信息弄得眼泪都要下来了。上次我们对账之后我一直想和你说，又怕说了你更多心，我俩在和你合作这件事情上都是抱着玩玩的心情，当时也希望可以做好，不过真的做起来也就不想付出更多的精力，店铺是我们三个人的，就算赔了钱也并不是你的责任，我们的关系才是珍贵的。"

宓秋月点开微信的时候看到刘苗淼的这条信息。她觉得这个世界上从未有过的关爱、信任。她更加觉得人生的艰难里时时处处又透着一份希望。

首尔来信第 613 封

今天回到韩国后第一顿要吃什么饭，首先想到的是妈妈做的泡菜汤，接着又觉得泡菜汤在北京能经常喝到，又想喝大酱汤，想来想去觉得还是让妈妈做参鸡汤，可以给自己好好地滋补一下。想着想着，发现自己不知道秋秋最喜欢的韩餐是什么。

哥哥最喜欢吃的饭有很多很多，北京烤鸭就很好吃，但是真的很油腻，而且也真的很贵。炸酱面有点味道咸了，和韩国的差别太大了，所以并不是很喜欢吃。其实学校食堂的各种饭菜都很好吃。校门口的移动餐厅写着卖 "西安凉皮" 的东西，吃起来凉凉的，是一种宽宽的冷面，秋秋在西安的时候也会吃这个吗？

哥哥已经能写好多字了，也能认识很多的字。附件里我发了一张我练字的图片，是同学教我的，买了有方格子的本子，这样就不会写出去了。每个字都要写得一样大是一件很难的事情，有的笔画明明很简单，需要的空间会小一些，有的笔画实在太多了，总是要从一个方格里溢出来。

不能看了说哥哥写得丑哦，也不要笑话我太笨了，不是我笨，是因为中文真的太难了。你应该觉得怎么我会这么聪明，不仅仅学会了说还可以写很多的字。

其实哥哥以前想过，每次赚到一些钱，就要拿出来给秋秋买一件礼物，哪怕只是很小的礼物，这样如果有一天见到秋秋了，就不会空着手了，但是因为生活费总是不够用，都仅仅变成了一个想法。

这样说好像更显得哥哥没有出息，秋秋应该从来没有为钱的事情

担心过吧，最多是想买一个包包或者好看的首饰要想一想算算钱还够不够用，哥哥是有时候看着菜单，会计算着怎么点菜又好吃又划得来。但女孩子就是要富裕着生活，男的就没关系了，吃饱喝好有力气靠着自己的好身体就能去打拼好的生活了。

　　说着都饿了，哥哥现在去吃饭了，希望秋秋每天能多吃一点，长一点肉肉，要不然太瘦了。

19

宓秋月一共发出了五十七个福袋，之后还陆续地有人要继续购买。也有推荐朋友同事加她微信购买的，当然想要退货的人也还是有的。虽然一开始都是写着不退不换，只是福袋的销售已经远远超过了她的预期，所以只要是坚决要退的人，她就都答应了。只有一个顾客非要退不说，还要她负责回邮的费用。同城的邮费不超过十块，但是宓秋月遇到这样的事情还是觉得要气死了。她截图的聊天记录发在群里，三个女的就你一句我一句地骂了一通后，宓秋月的心情一下就好多了。

这是她这么多年做生意以来第一次拉黑一个顾客。其实这些年遇到各种委屈的事情多了，她都只能自己消化，无人诉说。可是现在不同了，人和人之前的一种情谊是说不出的，你觉得自己并不需要，而实际上，谁也不能完全孤独地活着。

"我宓秋月以后要活得硬气一些，即使是做生意也要有自己的原则，不能被不讲理的野蛮人欺负了。"她在心里默默写下这一串话，更是告诉自己要活得光明磊落起来。

福袋发完之后，衣服也被清理得差不多了，之前想好的要去学校门口摆摊的事情，现在就要做起来。

快到暑假的时候，好多高校本来就有学生自己摆摊的，有的是卖旧书，也有卖旧衣服的，她决定拿着衣服去试试。她也没有告诉她们

两个人，只是告诉了杨枫，因为是她关了店后才去，不告诉他回去晚了杨枫肯定会担心。

"最近你已经很累了，包了那么多快递不说，还要照顾店里，我觉得剩下这些也没有多少了，咱们缓缓不行吗？"

"下个月就是淡季，商场基本没有生意，我准备和她们一起去韩国，去韩国拿货是第一次，我想还是多准备一些货款比较好。"

"生意是没有尽头的。"

"这些都是花钱进来的衣服，不卖了就真的可惜了。"

"秋秋你相信我，现在已经有一些公司有意向签我了，一年后我就有工作了，我真的不想你那么辛苦。"

"你要是真心疼我，放学了你没事的话就借叔叔的车，给我把衣服拉到高校去，你让我摆摊试试吗，以后我自己就去了。"

一件六十元两件一百元，二百块钱就可以选走五件……宓秋月的高校摆摊生活就这么开始了。几天下来她发现理工科的学校不行，要去文科女生多的学校，后来也开始去三本和民办的学校，最后剩下的衣服二十元一件这么甩卖了。店里的各种存货基本上全部卖完了。加上福袋的收入，虽然没有把开淘宝的所有投入都收回来，但是也差不多了。宓秋月想就是自己再挣，也要把窟窿填上，把她俩的投资还给她们。这么决定之后，她的心情就完全晴朗起来，心理和身体比起来，心里的那份煎熬更让人难受，身体累了可以休息，但愧疚在心里滋生蔓延是没有解药的。

"今天两位宝宝有没有时间，我们见见说说出去玩的事情好不好。"

"怎么感觉你好高兴的样子。"

"见面说嘛。"

……

宓秋月想好了一套说辞，承认自己两个货放在一起卖，导致账记

得有些混乱，那天给她们看到的时候，自然有些说不清楚。只是自己的错误已经犯了，也没办法再挽回了，前几天她做了福袋也去了学校摆摊，把衣服都处理得差不多了，这下淘宝上赔的钱也差不多都回来了，这一次就是想把钱退还她们两个。她这次去韩国，主要是尝试着进一些韩国衣服卖。

在漫长的服装淡季来临之前，宓秋月要把这些心里的事情清理干净。虽然不知道前边的路要面对什么，也不知道这次去韩国会怎样，她的内心里还是充满了期待。有好几次，她都很想打开以前在韩国时候用的那个邮箱，她也在想究竟李俊哲会不会给自己发了邮件。她更害怕时间回到过去。

她俩先是怎么都不肯收下之前投入的钱，因为从淘宝上显示的数据看，她们确实是赔了很多钱。不管最后衣服有没有卖出去，她俩都觉得自己并没有出力，反而给宓秋月的生意带来了很大的困扰，尤其是还让她去夜市摆摊。看着她俩的推辞，宓秋月更想把自己心里的话说出来，可是这种伤害自己伤害别人的话根本无法讲出来。

最后张倩收下了钱，也帮刘苗淼收下了钱。不过张倩心里也已经计划好了，准备之后和刘苗淼商量，把去韩国玩作为礼物送给宓秋月。只是刘苗淼的心里还是觉得过意不去，就给杨枫打了电话，说了情况。因为都是同学，杨枫在电话里当然没有说什么，但是心里更加心疼起秋秋了。他挂了电话心里不知道什么滋味，正好妈妈在问他谁的电话，他一时忍不住就都说了出来。

"刚才是另一个同学打的电话，前几天不是秋秋晚上都去摆摊，我才知道是因为她和朋友合开的淘宝一直没什么销量，赔了钱，她又过意不去，觉得是和她合作相信她，然后她就自己天天累死累活地把积压的衣服拿去处理换了钱。她什么也不和我说，妈妈你说秋秋在咱家这些日子，你觉得她是不是一个特别善良的好姑娘？"趁着这样的机会，杨枫得到了妈妈第一次言语上的肯定：如果秋月愿意，我们愿意做她的家人。

　　杨枫有时候看着宓秋月坐在自己家的桌子前，低着头喝着水吃着饭，他都不敢相信命运带来的这一切。如果不是因为她家里的变故，也许自己一辈子也不会有这样的机会。自私一些地想，现在这样真好，杨枫更想好好地完成学习，找一个好的工作，让秋秋过上更好的生活。当然也会想，秋秋并不是真的那么爱自己，她没有说过那三个字，杨枫也不敢让她说。他从小的生活都是不好不坏，学习也不是顶尖，思想也并不复杂，从未想要做坏事，唯一成为心结的就是对于宓秋月做的那件事情。没有人的时候他每每想起来，都会特别地憎恨自己。总是会翻来覆去地问自己，宓秋月会不会恨他？爱一个人的时候被爱的人永远都是错的，宓秋月越是和他亲密，他越是恨自己，觉得她内心的委屈该和谁去表达。爱一个人的时候也是自私的，他也不会舍得放开宓秋月，只能一遍遍地想欺骗自己的理由：要用这一辈子的爱去弥补她。

　　人都有各自的打算，各自的想法，也都被自以为是的内心折磨着。杨枫觉得自己趁着秋秋的困境占有了她，内心里只有亏欠；秋秋觉得自己拿了伙伴合伙的钱，内心里全是愧疚；刘苗淼和张倩呢？她们觉得让秋秋那么辛苦，赔了钱却不好意思自己还要去摆摊，内心里更是过意不去。但是内心的挣扎在现实面前，就连一个影子都不如，还会在阳光下出现，内心的东西却从不真实出现，全靠这个人是否会本着这份内心，善良地去处理结果。

首尔来信第 699 封

　　这居然是哥哥写给你的第 699 封信，完全不能相信哥哥是一个这么执着的人。哥哥今天第一天上班，没想到免税店真的有那么多的人。不过哥哥没有成为一个导购，导购需要学习的东西太多了，好朋友工作的乐天百货要求比较高，虽然哥哥会一些中文，但是没有什么经验，这样的我根本不能当好一个销售员。

　　哥哥现在在新罗免税店，是不是说得有点乱？朋友介绍的乐天免税店被拒绝了，但是哥哥比较希望在免税店工作，这样的话可以练习中文，所以哥哥自己又去了另外的免税店。新罗免税店里面的咖啡馆录用了我。学习多了还是会比较有用的，要不是哥哥会中文，也不能这么容易就找到工作。

　　希望哥哥能做出世界上最好喝的咖啡，有一天一定要自己做给秋秋尝一尝。不过现在来说还是一个非常笨手笨脚的人，先熟悉机器，学习各种饮料的配方，今天的时间就是在收拾垃圾了，也给几个中国的客人用中文翻译了饮料和蛋糕的种类。我说我的中文只是口语，而且说得不好，如果听不懂我说的，请直接告诉我，会想办法介绍清楚，但是他们都给予了我肯定，夸赞我的中文很好。尽管可能只是鼓励，但是也让我心里开心。

　　回到家每天都不用操心要吃什么饭，妈妈都在做我喜欢吃的，就连去上班也给我准备好带走的饭菜。看到我为了自己的生活真的在努力，家人都非常开心，哥哥说不想我为了学费再休学，愿意给我出一年的学费。所以这一年更要努力地工作，多攒下一些钱，这样学习的时候就可以完全地投入。

　　现在我的努力让我充满了希望。

20

出发前，宓秋月习惯性地在朋友圈发了要去韩国进货的信息。她打算两种方式，遇到特别喜欢的款式她自己先定下来，回来之后拍照来卖。但是韩国的货，回国了就不方便补货了，所以她想一边进货的时候一边就照相，看到喜欢的就转账给她，这样等于当时定下的已经找到了买主，不会特别担心衣服积压下来。韩国进货的地方就在东大门，但是都是晚上才开始，白天并不是进货的时间，韩国和中国又有一个小时的时差，她提醒晚上注意看她直播衣服，要是睡觉没办法看的，第二天早上回翻她的朋友圈，当天晚上如果下单了她就再去给大家买。

这样内容发出去后，果然很多人微信她。有的人发自己想要的款式让帮忙找找，还有熟客直接转钱给她，表示宓秋月了解她们喜欢什么，因为是半夜，害怕耽误了拿不到货。让她没有想到的是，更多的人问的不是她强调的衣服，都是问她能不能帮她们带免税商品。有的要买包，有的要买首饰，化妆品问的人最多，有比较熟悉的客人告诉她，韩国的护肤品免税是全世界最便宜的。她没有代购过，但是也知道现在很多做代购的，只是她这次去的主要目的是为了衣服，想了想就给老顾客说三件东西代购费两百元。其实这已经很便宜了，因为宓秋月实在不太懂代购的行情，一心想着就当帮熟人的忙，可是依然有客人不满意。比如觉得三件的要求太苛刻，又或者说就想要个小东西，

带着又不会很占地方,平时总是照顾生意呢,怎么现在这点小忙都不帮。这些年生意做下来,宓秋月已经习惯了,有时候你明明是为了客人方便,希望给人家心里留个好,可是人和人之间的想法千奇百怪,好心不一定能做了好事。

这时候的宓秋月完全有借口联系在韩国时候的同学。虽然不用联系李俊哲,但也可以联系舍友或者其他什么人都可以,比如问问韩国的天气,问问流行哪些好吃的或者问问免税店和商场的信息。每个人都有心碎的时候,她只要一想到在韩国生活的那些日子,就会觉得心被一块一块地掰下来。她不想接受的是命运对于自己人生的改变,宓秋月看似努力地生活着,但只要想到从前,就有一种不能接受又不得不接受的委屈。和其他人比起来,她没有大家都有的大学毕业证,她也没有每天可以回去有爸妈呵护的家,她更没有可以去随心所欲爱一个人的能力。她宁愿去幻想很多事情,也担心当自己赤裸裸面对现实残酷时,内心被完全摧毁成碎片的崩溃。

杨枫问她这次去韩国要不要回以前学校看看朋友,她自己也不知道为什么简单的一句话,就让她生气起来。

"早都毕业了,怎么可能还有同学。"

"老师呀或者都没有什么联系了吗?"

"你自己说我这几年和韩国那边的人有联系吗?"

"嗯。"

"我每天都和你在一起,我做什么干什么你都很清楚,而且我回国行李都没有带全,现在怎么好意思回去联系他们、面对他们。"

"秋秋你别激动,我就随便说说,也是好心、关心。"

"我没有激动。"

"那你进货的钱都够了吗?"

"我和你在一起说话难道都是为了钱?"

"秋秋,你今天怎么了?"宓秋月听到这句话,一下子就哭了出

来。杨枫只好哄着她："没事没事，哭哭就舒服了。"

宓秋月的眼泪狠狠地流着，不仅是眼泪，她的喉咙里还发出低低的呜咽。她觉得自己已经那么小心地生活了，可是再怎么小心翼翼地不去回忆，在某个你意想不到的时刻，心说疼就疼起来心说碎就碎开了。她被杨枫这样哄着、安慰着，让她冰冷的身体得到温暖，而同时，她又更加伤心起来，偏偏是要有人对自己这么好，偏偏自己的内心又依赖又想甩开。

"你有没有想过为什么一直对我这么好？"她的情绪稳定一些，趴在杨枫的肩膀上一字一句地问。

"因为你善良可爱。"

"那要是我其实邪恶极了呢？"

"别胡思乱想了，你是不是要回韩国压力有点大？"

"其实我就是想看看那边进货如何。"

"好了，好了，你永远都是我心中的秋秋。"

"是不是喜欢一个人就是这样？"

"那秋秋还会有一个像我喜欢你那样的人？"

……

这个问题像是街道上很快被吞噬掉的声音，杨枫并没有期望得到答案，虽然心里这样安慰自己，但是谁都知道能鼓起勇气发出的疑问句，又怎么会不渴望答案。有些人就是一直在爱，用来爱；有些人就是一直被爱，想爱却不知道怎么爱。

去韩国的日子越来越近，宓秋月的内心经常就荡起秋千，一会儿秋千这头决定要联系，一秒又荡回去觉得坚持不联系。

终于坐上了飞机，心总算定了下来。三个人开始计划下飞机后这几天的行程，张倩带了小的平板专门下载了韩剧，说是先要预热一波，宓秋月这会儿的心情只是考虑着怎么分配好时间，既可以让大家有时间玩，又可以不耽误她去进货购物。

飞机降落的时刻，宓秋月平静的心情还是随着飞机落地的那声巨响发出"咚"的声响，她不敢相信自己又回到了韩国。原本是走走就回来，没想到时间一晃而过，好几年的时光就这么过去了。

　　机场很多的东西都没有变，餐厅的位置，接机的出口……她看着旁边兴奋的两个人，居然以为自己又回来上学了。她甚至有了第一次来到韩国时寻找接机时的那份期望。此时此刻，只有宓秋月自己知道，她张望的是李俊哲。当你太过想念，你会觉得周围每一个人都可能是要见到的人，每一个人又更加不可能是这个人。

　　她们吃泡菜汤的时候，宓秋月就看见昔日李俊哲教自己如何可以一口把紫菜包饭吃进嘴里，于是她就拿着旁边的紫菜包饭塞进嘴里，重复一遍以前李俊哲说过的话；她们感慨超市的小饮料都特别可爱，每一个都想尝一遍。这时宓秋月就想起自己走出超市门口时撞到李俊哲的身体，那是她们第一次的"亲密接触"；她们吵着哪天晚上要去看看韩国的夜店是什么模样的时候，宓秋月就给她们讲以前自己上学的时候，聚会吃饭后先去咖啡馆再去喝酒这样一连串的活动安排是怎么玩的……说着讲着，她想到自己那次喝多了在夜店的厕所马桶上睡着了，她多恨自己那时候睡得那么死，她多想稍微有点意识，这样就知道李俊哲是怎么把她抱起来，就能记住李俊哲的体温、呼吸还有属于两个人的那段时间。

　　"你怎么说着说着不说了？"

　　"是不是想到什么了？"

　　"对呀，我记得你说过有个韩国哥哥的？"

　　"什么韩国哥哥，哇哦，帅不帅，能不能约出来玩？"

　　"我当时回国的情况你们都知道，当时好多东西都没带回，回去后和韩国再也没有联系过。"

　　"那你不想联系一下？"

　　"过去这么多年了，没有什么方法可以联系到。"

"真的假的？"

"你们还想不想接着玩了，想玩就乖乖跟着我。"

宓秋月还在担心因为她晚上要去逛衣服市场，白天还要去免税店，这样安排她俩没有更多的时间玩。她还查好了免税店附近有名的店铺，包括吃的逛的，画了一个乱七八糟的地图，说自己在免税店帮别人带货的时候她俩可以逛逛。结果在免税店除了一些断货的没有买到，宓秋月把要带的货全部买好了。晚上回去休息了一下更是急着就要去东大门，第一次逛这种夜晚的市场，张倩她们两个人也是高兴得不得了，跟着宓秋月一起，这个也问那个也问的，要不是宓秋月控制着，两个人买的衣服比她进的货都要多。

回酒店的路上，张倩和刘苗焱都在为买了那么多喜欢的衣服高兴，宓秋月的心里却一直盘算着的是大概已经进了多少个款式，哪些只预定出去了一件，另一件要怎么搭配可以卖出去。

考虑到她俩都累了，所以没有再逛服装市场。有很多好看的，明天一定要去一下，挑一些送给老顾客，也可以发朋友圈卖一下，这些首饰比较轻便好拿，不像衣服还要发货有运费。

"我们可以吃一个那个吗？"

"那个是推金。"

"好吃不？"

"其实韩国的食品肯定不如我们丰富，但是以前上学的时候，也会吃这些路边的小吃。"

"我刚才看商场外面有那种搭个小棚子就在卖饮料咖啡的，明天我要买一杯。"

"那就是给进货人吃喝的嘛，味道和店里的都一样啦。"

"根本不一样，那种感觉不一样。"

已经晚上三点半了，她俩一个在洗澡一个在洗衣服。韩国的酒店都很小，三个人的大箱子放在那里，就没什么其他的地方了。

"我拿着你俩的衣服照一照，如果有人要，我明天去补货。"

"你先收拾睡觉吧，明天起来再弄吧。你不累呀，逛了一天都要散架了。"

"没事的，我很快。"宓秋月拿出来趁着床还是平整的，就把衣服平铺着摆好拍了一些照片。不好意思拿她俩的新衣服穿上拍，就这样试试，等明天有人问了再说。赚钱做生意的心理肯定和出来玩的不一样。这会儿她俩想的是快点睡觉，宓秋月想的却是这些款式先发出来，明天醒来肯定就中午了，又要出门，万一来不及拍照片，而且明天客人们醒来早上看到了就可以发信息问她，不耽误晚上再去取货。

第二天宓秋月醒来看表已经快十二点了，但是她俩谁都不起床，果然是累坏了。宓秋月就躺着回复咨询的人，看来昨天发还是有效果的，手机里就有几百条信息，虽然不是每个问的都会买，可是一会儿又卖出二十几件衣服。

三个人完全收拾好已经下午两点多了。两个人还是不怎么想逛，宓秋月就带着她们去了新沙洞，她犹豫了一下，带着她们去了自己最后一次和哥哥去过的咖啡馆。

在这次满怀着心事的出游里，宓秋月终于和回忆走得更近又似乎更远了。

首尔来信第 777 封

今天和我们的同学一起聚会吃饭，有人问到你了，他们形容你是那个可爱的中国女孩。几年过去了，秋秋还是那么可爱吗？还是变得成熟性感了一点呢？

哥哥今天喝了酒，就想起和秋秋一起喝酒的时光，那天晚上的秋秋就和平时不太一样，可爱还是可爱的，却带着一些小性感。我记得秋秋在舞池里的眼神，虽然灯光昏暗，可是秋秋眼神明亮。你知道吗，平时你从来不会这样看着我，你看我的目光总是带着一些闪躲。但是那天在舞池里，秋秋目光坚定地看着我的眼睛，反而让哥哥有一些害羞了。不过很快，哥哥觉得你肯定是喝醉了，等你去厕所了后，我就很担心你不出来，就只好让女服务员帮忙看着进去找你。喜欢一个人的感觉就是不管她做了什么傻事情，在心里都觉得是很可爱。

现在还是记得看到秋秋歪着脖子靠在那里的样子，打着小呼噜。虽然很心疼你喝醉了，害怕你明天醒来会头疼，但是能有把你抱着的机会，心里太开心了。现在哥哥满脑子都是那天的画面，特别希望可以抱着你一晚上，或者只是看着你一晚上。

那时候哥哥就是太胆小了，害怕你醒来生气，也害怕别的同学会议论你，但是我走了后一晚上都在后悔。就好像那次哥哥没有冲出去拉住你一样地后悔。

借着酒劲，哥哥想说一次我爱你，还想说一次我想你，更想有时光机，可以重新来过。秋秋现在正在梦里吧，希望你能梦到哥哥。

21

宓秋月就这样开始了中国、韩国的往返日子。

她成了一位代购。

人永远不知道自己未来的命运。她以为一辈子都不会再踏入韩国，而如今却成了一个每月三分之一时间都在韩国的人。

三个人从韩国回来后，宓秋月大概算了一下，不算衣服挣的钱，去掉机票和住宿，她给别人带的免税品就挣了四千块钱。

回来后张倩和刘苗淼怎么都不收她的住宿和机票钱。宓秋月找到了一个新的挣钱方法，本来高兴的心情因为这件事情就没办法平静。她觉得自己唯一的朋友，也正是因为她们俩的存在，才让她鼓起回韩国的勇气，也才有了这条新的赚钱门路。可能是因为自己赚到了钱，有了底气，于是她鼓起勇气约了她们俩。

一般情况下宓秋月不会舍得吃日本料理，就算是去一个普通的料理店铺，人均也至少要一百五十元左右了，三个人吃下来怎么都要五百块钱。对于她来说，为了吃一个好环境的话，她宁愿不去吃这个。但是她今天想找一个环境舒服的，最重要的是可以安静一些的环境，好让自己可以把想说的话都表达清楚了。

"今天怎么想起来请客呀。"

"可能因为代购挣钱了吧，哈哈。"张倩附和着。

"哎呀，宓秋月挣钱那么辛苦，我都不好意思无缘无故让她请这样的饭呢。"

"我来点，你们吃就好。"宓秋月拿起菜单，她点了刺身大拼，还点了一个火锅和一些小菜。

"不要刺身大拼，那么贵。"

"你让她点嘛，人家请你吃饭，你怎么事情那么多呀。"

"张倩我说你呀，大拼里面那么多东西我们根本就不吃，只有平常请客不熟悉的人才要这个好吗？咱们自己人点这个浪费这个钱干吗？"

"咋啦嘛，你嫌弃浪费你就都吃了不就好了。"

"我们不要大拼，不要不要。"刘苗淼对着服务生说。"给我们换一个单点的三文鱼，再加一份北极贝。"

"那是要大份还是小份？"

"大份里面有几片？"

"都要大份，刘苗淼你别管了，说了请你吃饭你吃就好了。"

"浪费呢。"

"我知道你怕我花钱，这大份也就几片，咱们三个人呢，几口就吃完了。"

……

菜一盘盘地上来，大家吃着聊着，宓秋月几次都想说出来，可是没有开头，就被岔开了。其实她还是心里没有底，不知道究竟要怎么开口才好。她们两个吃得开心，好像什么都没有发生一样。

宓秋月有那么一刻觉得干脆不要说了，不知道的人心里反而是最幸福的。

但是没有过几分钟，她就又想开口说出来了，就这么纠结着，时间就过去了，可是该说的话还是一句都没有说出来。吃完饭三个人都各自离开了，她站在马路上，看着来往的车辆。这一次，她觉得自己的腿很沉，她看着马路上一对对情侣走过，看到母女走过，看到朋友三三两两地走过，看到车来来回回的……她突然想到自己在咖啡馆当门迎时候的景象。她记得自己穿着不知道谁的衬衣，她的身体特别累，但是时间像是凝固了一样，她想找个地方靠一下，不过眼前的工作就只能这么直挺挺地站着，遇到有人来，还要对着人微笑。

那时候的日子是真的很苦。

现在的她呢？她因为靠着杨枫有了自己的小店，在杨枫的家里父母都对她很好，虽然不能和很多人比，可是她还有什么奢求呢？是奢求再次见到李俊哲？可是见到了又能怎样？他们已经这么多年没有联系过了，他还记得她吗？而且她可以就这么丢下现在的一切吗？

她这么胡思乱想着。

突然才想到自己其实是为了告诉她们俩心里的话，但是真的说不出口呀，而且此时此刻，她更加害怕说出来了，一切就没了。会不会失去朋友？

刚刚的欢乐就在眼前，会不会再也没有了。

就这么继续纠结着，宓秋月接到爸爸的电话，说妈妈发现胸部有一个肿块。县城的医院小，说妈妈的肿块不疼，而且妈妈自己说早就发现了，想着是乳腺增生，可是觉得越长越大。医院的意思是要去大的医院看看，因为摸起来这个肿块的形状等等都有恶性的可能。

宓秋月吓坏了，挂了电话眼泪就止不住地往下流，她真不敢相信命运怎么会这样对她。她让爸爸和妈妈现在就来，不管是什么都要赶快先去确诊了。

她在三个人的群里发了一条信息，说了妈妈的事情，问问她们有没有认识医院的人，可以尽快就安排妈妈检查什么的……命运一次又一次地和宓秋月开玩笑。

张倩很快就找了朋友，妈妈来了后就安排去看病了，医生也说情况感觉不好，立刻安排了住院，做了全身的检查后就要手术，是不是恶性的肿瘤，只能切除之后做了活检才能确认。

……

虽然宓秋月在一段时间里觉得真的绝望了，可是为了妈妈她还是一直硬撑着。让她特别感动的是，刘苗淼直接就给了她一万块钱，杨枫的爸妈也是天天去医院给妈妈送饭。好在手术之后确认了是良性的肿瘤。

因为不是特别大的手术，妈妈恢复得也很快，宓秋月看着妈妈健康起来，想到这一切，心里却不安起来。她觉得一个人真的要光明磊落，自己在困难的时候朋友都那么对待她，刘苗淼可以什么都不问就拿出一万块钱来，而自己却偷偷地拿走了朋友的钱。

妈妈就要出院了，她带着妈妈去给伤口换了药，排队换药的女人都是得了乳腺肿瘤的，只是有些人和妈妈一样幸运，只是开了一个口子，取出了肿瘤，而有一些切除了一个乳房后还要化疗。

"那时候妈妈就觉得不会有大问题，这一辈子没做过什么坏事，家里出了那么多的事情都过去了，就不会再有什么事情了。"

"妈妈，我一定努力，有能力了把你和爸爸接过来。"

"不不不，我和你爸现在过得真的很好，来城里反而不适应，已经很愧疚对你了，现在看着人家对你这么好，你自己要珍惜。"

宓秋月把爸妈送走了，第一件事情就是在群里给她们发了感谢的话，然后坦白了自己的事情，她写了好长的一段话，自己在备忘录里写了删删了写。她觉得妈妈说得对的一点是，这一辈子人不能做坏事，虽然不说出来她们俩不知道，也就过去了，可是自己内心就会一辈子愧疚。

事情有好的结果也有坏的结果。

刘苗淼把宓秋月拉黑了。

"我说你何必呢？人家不是都给你承认了？"

"我是觉得太寒心了，说好了一起做事情，你有困难问题就说，而且宓秋月怎么能有拿咱们钱的心思呢？"

"你俩关系一直很好，我觉得你还是生活太好了，你大概没有见

过宓秋月在路边发传单的情景，你大概不会知道我们只是在注意选自己喜欢衣服的时候，她考虑的全是怎么进货可以卖出去。"张倩很快回复了这样一条过去。

"那也不能拿我们的钱补自己的窟窿呀。"

"你想想，她一开始也是为了卖掉积压的才去拿自己店里的，包括后来她自己去摆摊，我们一点付出都没有，可最后她把所有开店的钱都还给我们了。"

"你怎么现在这么向着她了？"

"我觉得越长大认识接触的人越多，越发觉得她很不容易，你记得我们去韩国吗？人家明明是为了进货，放弃了去免税店陪我们去玩，介绍这个介绍那个的。后来晚上，咱们累得根本不想出去，她还是自己去进货，回来都是两三点，我们睡了一觉起来，要吃炸鸡，她又一个个搜着给我们叫外卖。"

"事情是分开的。"

"她不告诉你拿了钱，你根本就不会知道。"

"你觉得没啥，你继续联系，我可迈不开这个坎儿。"

虽然张倩还是去找宓秋月，可是宓秋月想到刘苗淼就有一种说不出来的愧疚。可是她没有在杨枫的面前表现出来，她把所有的精力都投入到新的生意里。她知道了为什么很多代购都是原价代购，因为他们都是办了免税店的会员卡，买到一定数量后就可以打折，最多的可以八折，代购看似发的是标着原价的图片，其实赚的就是这个打折的钱。等做了几次后，她又知道了一个赚更多钱的方法，那就是除了会员卡，你再刷一个卡，买到一定数量，这个给你卡的人就会给你返钱。这些人其实就是和免税店说好的，挣的是团队旅行的钱，你去代购的次数多了，看着眼熟就会想和你合作，比如他们和公司说好一百块钱给五块钱，你刷他们的卡，就会再给你两块五这样。反正对于宓秋月来说，这个份额是多余给的，当然是有了更好。

虽然代购很赚钱，也足够她生活的，可是宓秋月不想放弃服装，她觉得自己是靠这个才做起生意的，如果放弃了太可惜了。于是每次来韩国，就成了白天在免税店，晚上在东大门，一天走上两万步都是轻松完成的，宓秋月越做越有条理也越有感觉，她特意把代购和服装的微信号分开来，一个是做服装和客人联系的，另一个是代购的号，主要是发韩国代购护肤品等信息，这样也方便一目了然，清楚这段时间哪个号上赚的钱更多一些。

累是肯定的，自己不就是赚个辛苦钱吗？但宓秋月看着每个月赚的钱越来越多，觉得这些辛苦都是非常值得的。

刘苗淼还是没有给宓秋月发信息。张倩安慰宓秋月说刘苗焱那个劲儿过去了就会好的，还给秋秋起了一个外号，叫她"代物女"。她说："你这人生真是可以写书了，名字我都给你想好了，叫作《代物女养成记》，就是可惜了杨枫不够帅，因为这种富家女落魄又自己崛起的故事里，一定要有一个帅哥才有看点。"

……

她还是这么一日一日地忙碌着，并没有觉得自己是什么书什么剧里的女主。

首尔来信第 890 封

时间过得太快，冬天过去了春天来啦。夏天之后哥哥就可以回到北京了。虽然有了足够的学费，但是既然为了赚钱已经休学，那么哥哥在最后的时间里就要更加努力。现在在咖啡馆打工已经很熟悉了，饮料的配方哥哥都记得很清楚，不管是收钱还是打扫卫生，每个人都喜欢和哥哥一起工作，知道为什么吗？总结起来主要有两点，第一点是因为哥哥长得帅，还有第二点就是因为哥哥愿意让工作伙伴先挑他们喜欢的岗位。

咖啡馆的工作是五天休两天，有时候都觉得自己是超人，哥哥还去朋友家的餐厅打扫卫生，这些工作很多人都不愿意做，觉得很脏，其实还好。然后哥哥还找到了在东大门搬货的工作，秋秋可能不知道，韩国的批发市场都是晚上营业，一般到了四五点的时候就会有成堆的货物，一包一包需要运走，有很大一部分都是邮寄中国的。哥哥就尽量晚上早点睡觉，凌晨起来就去帮忙搬运，一周去三五次，这个要根据咖啡馆工作安排的班次来看。因为这个工作，哥哥更像个男人了，手臂像健身房练出来的一样粗壮，慢慢地有了胸肌腹肌，真的很想发给秋秋看，哈哈哈哈。

一想到很快就会去北京，可以不用那么辛苦地赚钱，只管好好学习，心里就很快乐。有了这样的人生体会，是不是也是了不起？

秋秋呢？是不是已经毕业了？还是继续读书呢？会不会要成为女博士？希望秋秋可以坐在明亮的屋子里，带着微笑过着每一天。

想你的我，期待秋秋的回复。

22

　　"你把箱子拿到这边来。"宓秋月已经看到那边有一个大叔正在打开箱子了，她把箱子抬过去，看到那个人的箱子一打开，箱子的下面十几根牙刷已经掉了出来。

　　"你放这里打开。"

　　宓秋月听说过海关会查东西，如果违规是要罚款的，但是自己从来没有遇到。她知道自己的箱子如果打开来也是这样的情况，所以尽可能慢地拉开拉链，一边打开一边用手摁住里面的东西，要是掉出来砸坏了，那就真的不好和客人说了。

　　"里面都是什么？"

　　"韩国买的乱七八糟的东西。"

　　"你去韩国干吗？"

　　"进货。"

　　"进货？"

　　"嗯。不是代购。"宓秋月看着询问人一脸严肃的样子，心里就有些害怕。

　　"我有自己的店铺，开服装店好几年了，现在每个月基本两次韩国进货，你可以看我签证上的次数。"

　　"你开服装店怎么这里面都是化妆品。"

"每次都带一些护肤品，朋友都知道我去，每次都让带，免税的价格比较便宜，我不好意思都会帮着带一些。"

"你带这些加钱吗？"

"不加钱，好多都是自己买了送别人的。都是熟人，做生意不容易。"

"你这里面乳液还是什么的就六瓶。"

"是乳液和水，一般都是要一套。"

"你这太多了，你确定不是代购。"

"给你看我真的是卖衣服的，衣服都发货回来，我给你找货运的单子。"

"你把手机给我打开。"宓秋月把手机递给她，心想好在自己有两个手机，这个上面只是卖衣服，分得很清楚。检查的是一个女的，在检查台的那边开始拿着手机翻开起来。

"你不能看我的聊天记录吧。"

"你别动，我不看，我只是确定你是不是代购。"

"姐姐你看，我现在就这些东西，如果确实超额了，我不懂这些，根据规定你们看怎么处理，但是我不知道代购和不代购有什么特别大的区别。"

"你这里确实都是卖衣服的，我看你发了很多图片，但是你这箱子里的东西带得也太多了，你把箱子收拾一下拿到那边的屋子里去，我们肯定按照规矩办事，会根据价格算一下。如果你只是不知道，我们就按照超过五千块钱以后的一共多少钱算一算，如果是代购，你知道现在代购是违法的吗？"

"我这都是自己贴钱给人带的，姐姐你看看，水乳一套六百，这六瓶看起来很多，其实不到两千块钱。其他的这些都是韩国那些小牌子的，数量看起来很多，其实都不值钱，我买的一个几十块钱，贵一些的八十块、九十块这样。"

"你这一个箱子就这么多，还有你那个小箱子。"

"姐姐，我带这些也真的不愿意，特别沉，买起来也不方便，就别让我把箱子抬来抬去了，我全打开您看着问，我能记住的都直接说价钱，超额的那部分，您开罚单，我接受处罚。真的请别让我再取出来再装进去，我进货每天都是半夜，自己一个女孩，特别累。"

"可是你违规了，我们也是按规矩办事。"

"姐姐，我知道，我以前不懂这些，你看我也配合你们，也给我开个罚单，我也发个朋友圈，这样下次大家知道了也不好意思找我买了。"

"我看你不是代购，确实手机里都是发的卖衣服的，要不然你这是违法，说得严重点就是走私，我们是要扣留你的，罚款的话也不是你把税款补了就可以的，都是成倍地罚款。"

"对对对，姐姐你说得对，我做小生意的，都是辛苦钱，我一定注意。我经常去韩国呢，下次我过来，专门给您检查，有问题您再重罚好不好。"

"看你态度很好，又是第一次。"

"谢谢姐姐，真的不知道，我接受处罚。"

"张姐，那边那个人装晕倒呢。"这会儿另一个穿着制服的男人过来了。

"怎么回事，赶快叫医生先看看。"

"明显代购，不配合，手机直接关机，问她给谁拿的说不知道，我们说那就封箱子，结果她就说头晕。"

"你来处理这个，我去看看，别真的晕倒了。这个人不知道情况，给朋友捎的东西有点多，开个三千的罚款让她走吧。"宓秋月看了看过来的这个人，感觉可能和自己差不多年龄。

"那你把箱子收拾收拾，我给你开罚款单，你有卡吧？"

"同志，我也不知道怎么称呼你，看着也不知道是不是和我差不

多大，能不能少交点。刚才检查箱子也看了，手机也看了，我真的就是不知道，朋友熟人都让我带，我也不好意思拉不下面子。"

"三千元已经很少了，我看你这一箱子，怎么算起来也比这个多。"宓秋月想了想，自己身后的背包里有一块三万的手表，还有一对戒指，那个小箱子里还有名牌的钱包什么的，三千就三千吧，不然真的都打开来，说不定要把箱子封了，自己还不知道会不会被扣留住。这么一想，心里越发害怕和紧张。

等她走出机场，看到杨枫过来接过她手里的箱子，连着问了几遍"怎么也不推个推车"，她都缓不过神来回答这样的问题。

"怎么了？是不是太累了？"杨枫的手虽然已经接过了她的两个箱子，还是松开了手摸了一下她的额头。

"快走快走，先离开这里。"看着有些慌乱的秋秋，他也只好先拉着秋秋离开了。坐在车上，杨枫一句话也不敢问，等着秋秋先开口，待他听完了秋秋讲述的，坚定地告诉秋秋以后不要代购了。秋月的内心很纠结，因为代购会赚很多钱，可是明明现在知道就是违法的事情，她一边想着一边给张倩发了微信。

"我到了。刚才我过海关的时候被查了。"

"真的假的？怎么样了？"

"吓死我了。"

"我好像有同事朋友在机场，要不要紧，我找人帮忙问问。"

"我出来了。"

"那东西呢？东西被扣了啊？"

"还好并没有扣，不过交了罚款。"

"多不多呀？"

"我真的被吓死了，我双背肩里面带了一块表和一对戒指，我另一个小箱子里还有包和钱包，要是被发现了，真不知道要罚多少。"

"你急死我了，我给你打电话？"

"没事，我上车了，不用给我电话，对了，罚了三千块钱，我一趟挣得比这个多，没事，没事。"

"那就好，哎呀。"

"就是以后不能做代购了，因为我以后肯定会被盯上了。"

"那你回去休息一下，一趟出去也挺累的，回头约出来说。"

"你最近和刘苗淼联系了吗？"

"哎，她不让说到你，一说就炸锅了。"

"好吧，对不起。"

"慢慢来吧，你肯定知道她的脾气。"

"嗯，那我回头约你。还有你要的东西刚好给你。"

"好的，不着急。"

她靠在车窗上，心和身体都觉得很累。尤其想到刘苗淼还是完全不搭理她，想到自己好不容易找到一个可以赚钱的好方法，就这样失去了，她就闭上眼睛，想这样睡一睡。

首尔来信第 939 封

昨天晚上在东大门干活的时候，我看到一个女孩很像你，但是比你瘦，我看着她穿了一条连衣裙，头发扎起来，侧面看过去，是一个背在胸前的双肩背。不过那个女孩一下子就闪过去了。

怎么会是你。多少次我都觉得自己看到了秋秋，可是晚上四点多的韩国批发市场里，怎么会有秋秋一个人的身影。现在的你做什么工作呢？昨晚是我最后一次去东大门搬货，可能是太期待见你，总觉得在韩国会给我一个遇到你的机会。所以呢，在有点困倦和疲乏的最后一天里，就会觉得看到了秋秋。

哥哥真的有点情绪低落，不是因为工作的辛苦，明天就回北京了呢，只是偶尔的去打工就好，有了足够的学费和生活费，可以晚上也不用半夜爬起来去干体力活，也不用咖啡馆里每天多累都要微笑着面对客人。可是哥哥真的情绪低落，觉得如果我不认真地去找秋秋，也许这辈子真的就见不到你了，但是我写了这么多的信给你，是不是你真的不想再见到我，又害怕如果我去找你换来的是你的冷漠。

所以秋秋，哥哥在北京了，你看到我说的话了吗？你看到我的努力了吗？你会不会想起我，如果会想起，请打开邮箱看一看吧，或者只是回复几句话，哪怕是告诉我再也不想看到我的信了，好吗？

哥哥再发一次我在北京的手机号码，这个号码绑着我的微信，秋秋觉得和我很久没联系有些陌生了的话可以加我微信，我们用信息的形式慢慢熟悉也可以。去收拾行李了，希望到了北京就可以看到奇迹。

23

　　杨枫是在毕业的时候提到结婚的。他拿着穿着学士服的照片去店里给秋秋看，两个人坐在店里的小沙发上，杨枫喜欢把秋秋的脑袋按到自己的肩膀上。秋秋的性格很柔软，有一次，等到他们站起来的时候，秋秋的脖子都有点直不起来。可是杨枫每次还是忍不住要伸出手，把秋秋的小脑袋好像篮球一样抓在手心，轻轻朝着自己的方向用力，那颗他最爱的小脑袋就靠在自己的肩膀上了。

　　今天也一样，他非要秋秋靠着自己的肩膀才给她看照片。客人不是很多，杨枫走进店里的时候正在发呆的秋秋一下子没有回过神来，直到他直接坐在自己身边。

　　"知道你都没有生意，很苦闷吧，我来给你看帅哥。"杨枫说着把秋秋的脑袋按到他的肩膀上，自己也歪过头压在她的脑袋上。

　　"啊呀，打扰你们亲热啦。"正好有一个熟客进来。杨枫一下子就从椅子上弹了起来。

　　"我随便看看，你们聊。"

　　"你来了，最近没有新款，你随便看看。"

　　"上次没买那个一直后悔呢，不知道还有没有。"

　　"长袖的那个？好像还有，我看看。"

　　"你男友好腼腆好害羞呀。"

"他看到美女都会不好意思。"

"他是干什么的？"

"找到了，是不是这个？还有一件呢，你试试，给你打折就一件了。他还在上学呢。"

"上学呀？哦，那我试试。比你小？"

"和我一样，我们高中同学。"

"哇哦，高中同学呀？好多年了呀。"

"那时候没有在一起。"

"不用试了，你给我多打点折我要了，其他的我再翻翻，说了不再买了，结果控制不住。"

"那你看，有喜欢的都给你一起打折。"

"在哪上学呢？研究生？"

"明年才读研，交大的。"

"那可是高才生，什么专业，煤炭什么专业的好像交大的很好。这件我试试，你帮我搭个下身，上次怎么没有看到这件？"

试了几件衣服后，她挑出了自己喜欢的几件，秋秋给她算好价钱装好袋子，走到店门口的时候，她对着站在门口的杨枫说："你媳妇很辛苦的，要好好对她呢。秋秋，我走了，有新款记得提前和我说哦。"

"好的，也许下周就去进货。拜拜！"

"再见，帅哥也再见哦。"

"媳妇。"杨枫对着秋秋说出这两个字，傻笑的样子好像小孩子。

"学校的手续办完了？"

"媳妇。"

"你怎么了，傻了。"

"人家都说你是我媳妇。"

"刚不是说看什么帅哥呢。"

"秋秋，你真的会嫁给我吗？"杨枫突然拉住她的手，她从下往

上地看着杨枫，一下子不知道怎么面对这样深情的目光。她把目光闪躲到一边，不敢去看他。

"其实、没什么啦，我开玩笑呢，你过来给你看帅哥。"杨枫轻轻地松开了她的手，自己朝着沙发那里走过去，坐下来后从包里掏出照片，用照片在空中扇来扇去。宓秋月还站在那里，闪躲的目光还不知道要放在哪里。她的身体慢慢转向杨枫，看见他的身体坐在那么小的沙发上，腿显得更长了，一只手随着照片甩动。她的心情就沉重起来，自己真的会嫁给杨枫吗？应该是早就决定了的事情，但是突然被说出来又感到有点不自然。

杨枫对自己那么好的脾气，不管自己给了他什么难受，他都还是会一副轻松的模样。她的目光回到杨枫的身上，自己也许根本没有资格嫁给他。

"快来嘛。"

"我才不看。"

"还耍脾气呀。"

"因为有你这个真的大帅哥在我面前，我还看什么照片。"

……

秋秋的夜晚常常变得很长。比如今天，她想起在韩国生活的每一天每一夜，那些画面那些场景所有的所有就好像不是自己，就好像是过奈何桥时没有喝够孟婆汤，这辈子还是能依稀想起上个轮回里发生的事情。怀念一段时光，那样的时光里一定是有一个人，宓秋月不想思念了。可是早上起来，枕头还是湿湿的。她学会晚上哭过后只要把泪痕擦干了再睡的话，眼睛通常都不会肿，但是昨晚她就那么不知不觉地睡着了。昨天已经给商场请了早假，她知道今天杨枫的妈妈不用上班。她故意在床上假装没有起床，等着杨枫和杨枫的爸爸都去了，她才起来。

"太累了吗？难得睡懒觉。"

"没有，最近不太累。"

"怎么了？眼睛有点肿，是不是身体不舒服？"

"阿姨，我……"

"有事情要说吗？"

"我有话想说，阿姨，我也不知道怎么开口。"

"吃点早饭咱们坐着慢慢说。稀饭都喝完了，我给你冲点麦片吧，还有两个包子，还在蒸锅里呢。"

宓秋月拿起一个包子咬了一口，在嘴里咀嚼着，半天咽不下去也说不出口。

"慢慢吃，吃完这个还想吃再给你拿另一个，省得凉了。"

"阿姨。"

"你是不是想说要搬出去？"

"不是的，阿姨，不是的。"宓秋月一着急，一口包子就咽了下去。

"你有什么你都可以说。我们都尊重你的想法。"

"阿姨，我特别感谢你和叔叔对我的帮助，生活在一起，你也一直把我当自己孩子一样照顾。当然，我知道，你们心肠好，也是因为杨枫，我也特别感谢杨枫对我的……"话到这里，宓秋月又不知道怎么说下去了。

"我以为你要搬出去，不是搬出去就好。快吃，感谢的话不用多说，你的心意我们也感觉得到，也真心喜欢你，不然也不这样对你。"

"我、昨天杨枫、阿姨，我真的不知道怎么说才合适，如果我说得不好不要生气。"

"嗯。"

"昨天杨枫拿着毕业照片找我，刚巧店里来了客人，就问起我们的关系，杨枫就提到了结婚的事情。"

"是吗？那你怎么说的。你的意思？"

"我的人生现在都是杨枫给的，我的意思是，我觉得我自己根本配不上他。虽然现在的情况好像我俩真的已经在一起了，但是我不想拖累他的人生，而且阿姨叔叔都那么好，我感觉你们也不愿意杨枫娶我这样的女孩吧。"

"为什么不愿意？"

"我、我家破产，爸爸进过监狱，我自己大学没有毕业，靠着别人开了一个店，而杨枫上的好大学未来还很美好。"

"我就问你，不考虑这些，你愿意和杨枫在一起吗？"

"我……"

"如果你自己不愿意，那是没有办法的，但是我和你叔叔都是很喜欢你的，也是因为接受了你，要不然我为什么要对一个儿子的女同学这样。"

"阿姨。"

"我还以为你要说离开家里自己出去呢，是说这个事情呀。杨枫是我儿子，他的性格我还是了解的，你们的关系你们自由发展，我和你叔叔完全是接受你的。"

"昨天，杨枫提到结婚的事情，我不敢说话，我不确定你们是否愿意我们在一起，我也觉得杨枫对我太好，我亏欠他太多。"

"哭了一晚上？"

"没有，没哭。"

"吃了包子去店里吧，你俩的事情杨枫已经和我们谈过了，只要你愿意，该做的礼数我们都会做到，何况你早就和我们孩子一样了。"

宓秋月对杨枫是怎样的？她任性过、恨过、绝望过，但是她现在拿起手机，编好了这样的内容发送过去：杨枫，我真的会嫁给你，当你觉得任何合适的时间里。

宓秋月的父母来了西安。杨枫的父母准备了十万的礼金包在红布里作为订婚的礼钱，还特意在五星级的酒店订了包间。宓秋月没有想到的是，爸妈居然给杨枫买了一块几万元的手表。

"前几天，问我要了一万块钱就是为了买这个表吗？"

"人家给我打了电话，说两个孩子有结婚的意象，说他们也很高兴，想和我商量，看什么时候方便他们来咱们家。"

"那你怎么不告诉我呀。"

"秋秋，妈和爸对不起你，不过看你现在找到好的人家心里高兴，我们那太破烂了，不好意思让人家去，我们就想着来。订婚也起码要送个像样的东西，我和你爸攒了一些但是也不够买个好的，才开口问你要了一万，日后都是一家人，男人有个好表也是应该的。"

"妈，不许再说什么对不起的话。"

"那礼钱妈看着应该有八九万元的样子，收下后你和杨枫留着用，你不是做生意也拿了人家的钱，反正这个我们不要。"

"妈，你放心，我的日子很好，我以后也会很好，也会让你们过得好的。"

"别哭了，咱快回去，多高兴的事情。"

首尔来信第 966 封

　　亲爱的秋秋，我今天跟很好的中国朋友也就是我的室友讲了你，他告诉我不会有人这么消失的，而且是面对爱的人，哥哥是不是出现了想你的幻觉？哈哈哈哈，哥哥会不会根本就没有遇到过你，而是自己凭空幻想出来的人物呢？那样哥哥是不是要去医院看病呢？也许哥哥可以试着写故事，如果我可以幻想出来这么厉害的人物，那么也可以成为非常厉害的作家了吧。

　　我已经到北京了，上学的感觉太好了。今天在商场看到一个金的项链，是一个月亮上面镶了一个很亮的钻石，很小的钻石。但是哥哥觉得很喜欢，于是就买了，总感觉很快就能见到秋秋，你的名字不就是秋月吗？那么就期待着在秋天遇到秋月，哥哥送给你一个月亮。怎么好像听起来有点绕口？

　　我很想你，秋秋，希望你可以看到哥哥写的邮件，就算秋秋不喜欢哥哥了，也可以给我回复好吗？

24

我听到水面上一阵阵涌来的声音，那是金色的光芒，那是你最爱的阳光发出的迷人声响。对吗？那是你的思念还是我的呢？在不懂得爱的时候，我确实爱上了你。今天我就要离开你，但我没有悲伤，因为你让我听到那样的声音，那么悦耳那么轻盈充满了力量。

宓秋月写完这一段，她第一次准备打开在韩国时候用的邮箱，想要把他发给哥哥，她准备就用中文来发，也许哥哥并不需要看得懂，但是算是对自己过去的一个告别，也算是对于杨枫全新的开始。准备登录邮箱的时候，她突然想到了赛我网。

"你在干吗？"李俊哲对李俊哲说。

"怎么不理哥哥呀。"李俊哲对李俊哲说。

"有时间一起吃饭好吗？"李俊哲对李俊哲说。

"你在干吗呢？"李俊哲对李俊哲说。

"哥哥想你。"李俊哲对李俊哲。

"你去哪里了，想看看小绵羊的微笑。"李俊哲对李俊哲说。

"为什么每次打开你都是没有亮起来。"李俊哲对李俊哲说。

"哥哥好想你。"李俊哲对李俊哲说。

"你是真的回国了吗？"李俊哲对李俊哲说。

"摇摇椅上都没有人，可是你在哪里？"李俊哲对李俊哲说。

"十天了，哥哥好想你。"李俊哲对李俊哲说。

"中国看不到这个软件吗？可以给哥哥电话吗？"李俊哲对李俊哲说。

"我真的好想秋秋。"李俊哲对李俊哲说。

"今天自己去了咖啡馆，一直幻想秋秋就在哥哥的面前。"李俊哲对李俊哲说。

"哥哥好想你。"李俊哲对李俊哲说。

"以后给你写邮件，是不是这个你用不了？"李俊哲对李俊哲说。

"哥哥写的邮件你看到了吗？"

……

所有的内容全部变成李俊哲对李俊哲说，李俊哲这三个字一直在眼前闪呀闪的，第一次用这个软件和李俊哲说话的场景一下子出现在眼前。此时此刻坐在网吧的宓秋月以为自己回到了韩国，周围的电脑和人都变成了空气，只有自己，只有电脑里正在和自己说话的李俊哲。

她慢慢地回过神来，周围一下子就嘈杂起来……这么多年过去了，李俊哲应该会记不清楚这个叫作宓秋月的中国姑娘了吧，会不会在秋天的时候偶尔抬起头，看见天空中的月亮，想起自己曾经问过这个女孩的名字为什么会是秋月吧。自己这么出了一会儿神，她突然不想打开邮箱了。

"现在不是过得很好嘛，为什么要去想那些幻觉？"于是宓秋月退了网络，准备离开网吧。

今年的秋天迟迟没有凉下来，本来应该是进入服装的旺季了，可是这天气让她不知道要不要去进货。西安的秋天总是很短暂，夏天过了很快就会冷起来，秋装虽然很漂亮，但是就变得不那么适合穿了。宓秋月走在街上，努力让自己注意观察周围人的服装，不去胡思乱想。突然看到有并排走在一起的男女，就会忍不住地想到命运里会不会有和自己平行的另一个自己，那个自己正在另一个空间里，和自己思念

里的人，过着另外的一种生活。他们正像这对过马路的男女一样，也在过马路，是牵着手还是一前一后呢；或者两个人正坐在饭桌前，一起喝着一碗汤；当然更可能两个人都拿着一本书看着，如果是面对面，会时不时地从文字中抬起头看看彼此，如果是坐在一排，女孩肯定会看着看着就靠到男孩身上；还有可能一个人给另一个人讲了一个笑话，明明很搞笑，听笑话的人就是憋着不去笑……这些事情原本是全天下爱人们在一起都会很平常的琐事，可是李俊哲和宓秋月却没有机会。

她继续走在西安的大街上，走着走着不敢停下来。哥哥想念她的时候她在干吗呢？是窝在小阁楼里和妈妈吃饭吗？还是在缠着毛线？又或者她已经在街上开始发传单了？那么哥哥又在干吗？是在咖啡馆里坐着，看着面前空空的座位发呆吗？秋秋就这么走着，一会儿想一会儿又不让自己想，眼泪一滴一滴一滴又一滴的。这么多年过去了，宓秋月再也不敢去咖啡馆，就好像她无数次地想要回韩国看一眼却终究没有勇气。

"可是你已经要成为杨枫的妻子了。"心里一直响起这样的话，还有爸妈看着杨枫时绽放的微笑，还有杨枫那么多的好，杨枫家人的好……

宓秋月终于鼓起了勇气。其实她只是害怕哥哥已经完全忘记她了，但是这本来就是她应该接受的。真的面对了也许更好。她买了一包纸巾，整理好脸上的泪痕，去买了一杯热饮，一口气地喝了下去，她尽量轻松地走进了一家网吧。

你们相信吗？Email 里可以有九百六十六封的未读邮件。

那个好不容易鼓起勇气点开邮箱的宓秋月根本不敢相信眼前的景象，九百六十六这个数字就在屏幕上，每一封都是李俊哲写给她的。她点开未读邮件，那个九百六十六的数字就变成一排排信件的日期，她一页页地往后点，那些日期就好像一本回忆的书，被快速翻阅的同时，往事就在其中奔跑起来。

最新的那一封邮件的时间和电脑屏幕下方显示的时间只相差了两小时二十二分。

亲爱的秋秋，我跟很好的中国朋友也就是我的室友讲了你，他告诉我不会有人这么消失的，而且是面对爱的人，哥哥是不是出现了想你的幻觉？哈哈哈哈，哥哥会不会根本就没有遇到过你，而是自己凭空幻想出来的人物呢？那样哥哥是不是要去医院看病呢？也许哥哥可以试着写故事，如果我可以幻想出来这么厉害的人物，那么也可以成为非常厉害的作家了吧。……

宓秋月离开网吧时突然更想念刘苗淼了。

"希望我们还能和以前一样，你真的是我最好的朋友，我很想你。"她把这条信息发给张倩，请她转发给刘苗淼。

……

宓秋月回到了家门口，打开门。她的双手交叉地抱着自己的肩膀，她努力地让自己深呼吸。

命运总会给你一些幸福，总会给你一些悲伤，总会什么都有一些的。她取出钥匙，能够不假思索地挑出哪一把是打开这扇门的，她把钥匙伸进钥匙孔里，正确的钥匙转一圈门就开了。

她的眼前全是闪烁着的烛火。门两边用蜡烛排出一条路，还铺满玫瑰花，一眼望进去，烛光的尽头是拼出的桃心图案……

宓秋月想起了什么。那是最后一次见面，她告诉李俊哲，大红色是中国红，是幸福、欢乐的颜色。宓秋月慢慢地朝着那个桃心走去，闪烁着的烛火把屋子映衬得很陌生。她看见桃心中央有一个红色盒子，盒子是打开着的，烛火里的钻石很漂亮。

这一刻，她被人从背后抱起，把烛光里的戒指戴在了她的手上……

后　记

我在一段青春的岁月里，曾经想过的一件事情就是自己只要活到三十五岁就好了。担心三十五岁后衰老的模样，觉得那样倒不如死了。现在我三十二岁，我倒觉得过去的青春岁月，都是黄金时代，未来的每一天，也都将是惊喜。

秋月就是这样的一个人物。她是独生女，是家境优越的漂亮城市女孩，做着很多不切实际的美梦。然而某一天，她必须面对命运给她的选择。

"我曾经无时无刻地都想到你，听快乐的歌曲，里面是你的笑脸；悲伤音乐里是我失眠黑暗里无法触摸到你的体温……有时候我觉得我的这份想念终究石沉大海，有时候我又觉得天涯海角有你在心里陪我就好，有时候我觉得我走了好远的路，而这是一条和你背道而驰的路。"

《首尔邮箱》就是在浪漫情怀下的现实故事。怀揣着梦的少女长大成人，面对人生的选择。

我要感谢给这个故事名字的陈孙虎同学，是他给了我这个灵感。我还要感谢我的责编，每一部小说的出版，都离不开他们默默辛勤的工作。我更要感谢我的爸爸，每一次我都觉得自己写得糟糕极了，但在他的心里，觉得我的文字永远充满了魅力，可以把平淡无奇的故事镀上钻石般的光芒。

每一个故事都是作者用尽全力去打磨的，想说的其实太多，其实都在小说本身里面。

图书在版编目（ＣＩＰ）数据

首尔邮箱 / 杨则纬著. -- 北京 ： 中国文史出版社，
2018.11
（实力榜·中国当代作家长篇小说文库）
ISBN 978-7-5205-0772-1

Ⅰ．①首… Ⅱ．①杨… Ⅲ．①长篇小说－中国－当代
Ⅳ．①I247.5

中国版本图书馆 CIP 数据核字(2018)第 257987 号

责任编辑：全秋生
封面设计：杨飞羊

出版发行：中国文史出版社
地　　址：北京市海淀区西八里庄路 69 号　　邮编：100142
电　　话：010－81136602　　81136603　　81136606 （发行部）
传　　真：010－81136655
印　　装：北京温林源印刷有限公司
经　　销：全国新华书店
开　　本：787×1092　　1/16
印　　张：15　　字数：238 千字
版　　次：2019 年 1 月北京第 1 版
印　　次：2019 年 1 月第 1 次印刷
定　　价：49.80 元
